千年《せんねん》を借景《しゃっけい》として初比叡《はつひえい》

伊藤伊那男《いとういなお》

銀漢亭こぼれ噺

——そして京都

伊藤伊那男

北辰社

銀漢亭こぼれ噺

——そして京都

【目次】

コラム　京都よもやまばなし

表紙・本文写真　宮澤正明
装丁　馬場龍吉

第一章

旅の始まり

I　本能寺の一夜

京都に暮らしたのはたったの二年間ほどなのだが、いつの間にか、郷里伊那谷での思い出と同等の重さの町になっている。京都との縁は多くの人がそうであるように修学旅行が始まりである。その後大学時代、クラブ活動で茶道部に入っていたので、毎年のように京都合宿があった。そのあたりで普通の旅行者として終わるところだが、卒業後に入社した証券会社の最初の勤務地が京都支店ということから、京都との縁はだんだん運命的になっていったような気がする。その後、京都生まれの妻を得た。二人の娘を授かったが、二人とも京都の産院で誕生したので戸籍上は「出生地京都」となった。そうした理由から、毎年休暇のたびに京都で過ごすようになり、親しみを深めたのである。

証券マンとして仕事の目で接した京都、京都に親戚を得てからの京都と、町や人を見る視点が異なっていく。また俳句を始めてからの京都は風景もおのずから違ってくる。妻が死んでからの京都も色合いが変化してくる。およそ五十年にわたり折に触れて訪ねる京都は、年齢や境遇によりその味わいも多岐にわたる変化を遂げているのである。私にとって喜びも悲しみも交叉する思い出の町となった。このあとあちこち脱線するかもしれないが、京都という町を軸にして私の人生や俳句とのかかわりなどについて綴ってみようと思う。

さて、最初に京都へ行った記憶は中学三年生の修学旅行。昭和四十年のこと。どんな寺や名所を巡ったのか？　いくら頭をひねっても全く思い出すことができない。唯一覚えているのは、御池通の市庁舎の向いの本能寺会館に泊まったことである。改装はされているが、建物は五十年前と同じ形のようである。ちなみに織田信長が討たれた時代の本能寺はこの地ではない。夕食で記憶があるのは、信州では見たことのない、白湯のような吸いもの。紅葉麩《もみじふ》と索麺《そうめん》数本と三ツ葉が浮いていたと思うが、その旨さに驚嘆した。

なぜこの宿の記憶が鮮明かというと、夜に枕投げをしたのだが、開いていた窓から枕が御池通の歩道に落ちたとのことで私たちの部屋の全員が廊下に正座させられ、先生から往復ビンタを食らったからである。あとから聞くと上の部屋でもやっていて、われわれの部屋の窓は閉まっていたという話もあるのだが……。ともかく、思い切り殴られたのが最初の京都の夜であった。

本能寺《ほんのうじ》界隈《かいわい》ことに木下闇《こしたやみ》　伊那男

2　俳句との出会い

二回目に京都を訪ねたのは、長野県立伊那北高校時代の関西への修学旅行であったはずだが、やはり京都の記憶はまったくない。その旅で唯一覚えているのは、当時の奈良の薬師寺の栞に〈じつと見《み》る塔《とう》と若葉《わかば》のコンツェルト　伊那北高校生〉という俳句が載っていたことだ。説明の上手な思い切り楽しいお坊さんに案内をされたが、この人が後の薬師寺の名管主高田好胤氏であった。この句の伊那北高校生というのは誰であったのか。俳句の仲間でもある高校同期のH君によると、彼の中学校の音楽の先生が「自分の句だ」と言っていた記憶があるという。ともかく先輩の句が載っていたのである。

さて、三回目の京都ということになると、同志社大学受験の合格発表である。話が遠回りをするが、私には二歳年上の兄がいる。父は耳鼻咽喉科の開業医であったので、兄は医者になる宿命を背負って育ったようだ。兄は小・中学校時代、典型的な優等生でオール5を通していた。鼻水を垂らして走り回っていた私とは雲泥の違いであった。

ただし医学部に入るというのは大変なことで、加えてベビーブームの昭和二十二年生まれであったから、それまで五倍くらいであった医学部の競争率は二〇倍くらいに跳ね上り、あえなく浪人。翌年も浪人し、結局私の受験時には三年目のチャレンジとなっていたのである。その季節になると父の食欲は極端に落ちてオートミールなどを啜っていた記憶がある。

もともと出来の悪かった私だが、理数系がどうしようもなく弱かった。物理は当然追試、化学は授業中に無意識のうちに教科書を一頁ずつちぎって、ストーブに燃やしていて、先生に見つかり、母が学校に呼ばれたりした。数学については、今も百円のおつり計算にも戸惑うほどであるから、絶望的であった。

高校三年になるとき、受験をにらんで、国立理科系、国立文科系、そして一クラスだけ、美術部員、野球部員、就職志望者などが集まるクラスがあった。数Ⅲはやらず数ⅡBまでであったので、私は躊躇なくそのクラスを選んだ。要は落ちこぼれ組のようなもので、朝からストーブで餅を焼いたり、一時間目くらいでもう弁当を食べ終わっている輩がいたりと、ほとんど締まりのないクラスであった。先生も見捨てたクラスである。そこに今、句座を共にするK君などがいた。そんなわけで私の受験は私立文系、それも数学が受験科目にない大学しか選択肢がなかったのである。

卒業《そつぎょう》の日《ひ》も鉄棒《てつぼう》にぶらさがる　伊那男

3―受験で京都へ

父は始めから私に医者の道がないことを認識していち早く匙を投げていたし、兄のことで頭が一杯だったので、私の受験にはほとんど関心がなかったようである。東京へ受験に出るときも、母が「あっ、お父さんにも挨拶して」と言い、診察室に呼びに行くと、父は白衣のまま玄関に来て、「頑張れよ！　で、どこを受けるんだ？」と聞いたくらいであった。

結局、同志社大学文学部、慶應義塾大学法学部・文学部、早稲田大学法学部・文学部、上智大学文学部の六つを受けた。いずれも受験科目に数学がないか、選択科目かであった。同志社大学の受験は一番早く、一月末か二月初めではなかったろうか。私は東京会場で受けた。合格発表も一番早かった。ちょうど他の大学の試験も終了して手持無沙汰のときだったので、京都まで合格発表を見に行こうと思い立った。

二月の下旬であったか、夜行列車に乗って、まだ真っ暗な京都駅に降り立った。交通機関などはよくわからないし、時間はたっぷりあったので、同志社大学まで暁闇の道をひたすら歩いた。今地図を見ても、なかなかの距離である。そして明るくなり始めた頃、煉瓦造りの建物の中の掲示板に張り出された自分の受験番号を発見した。兄の浪人生活の辛さを知っていたので、なおさらに合格の喜びを噛みしめたのである。

明るくなってから、さて、せっかく京都に来たのだから、どこか名所旧跡を、と思い立ったのだと思う。次に覚えている場面は、仁和寺を歩き、門前の日溜まりの芝生に寝ころがって、「これで受験は終了！」と思い切り背伸びをしたことである。その次に覚えているのは町中の鰻屋に入って、日本酒で一人祝杯を挙げたこと。「高校生で酒？」と思われるかもしれないが、その頃の気風というのか、大きな声ではいえないが、私の周辺では飲酒は割合日常的であった。私も通学鞄にウイスキーのポケット瓶が入っていたこともある。酒の不始末はいろいろあるが、機会があれば書くこととなろう。

東京の大学にもいくつか合格していた。早稲田の文学部に行きたいと思い、その入学手続用紙を持って信州へ帰った。ところが慶應の法学部も受かっていたため、父や、親戚から（叔父が二人慶應法学部卒であった）「絶対法学部だ！　文学でメシが食えるか？」などと説得されて、慶應義塾大学法学部政治学科に進学することになったのである。ちなみに兄はこの年も不合格だった。母に「お前が落ちればよかったのに……」と泣かれた。

いつまでも見送《みおく》る母《はは》の春日傘《はるひがさ》　　伊那男

京都よもやまばなし①

御所の変遷

鳴くよ（七九四年）鶯平安京と覚えた、その当初の平安京の敷地は今よりもかなり西側に位置していた。羅生門から朱雀大路が御所へ伸びていて、その通りがほぼ今の千本通である。遷都後一世紀ほどしてから、水の問題などから町は徐々に東へ移っていく。御所も相次ぐ火災で、公家の邸宅を転々とし、（このことを里《さと》内裏《だいり》という）、南北朝統一の頃、今の位置に定まったようである。千本通丸太町上ルあたりが昔の中心地で「大極殿跡」の碑がある。

平安京の標高

平安京が完成した頃の京都の町中は、今よりも二メートルくらい標高が低かった、というとたいがいの人は驚く。千二百年の間に数多の戦禍と破壊があり、その瓦礫が積りに積った結果である。疑う人は高倉通三条にある京都文化博物館を訪ねて欲しい。隣接する別館は旧日本銀行京都支店で重要文化財である。博物館建設時の調査の折、平安末期の高倉小路の路面を発掘したのである。まさに京都は歴史が層をなしているということが実感できるはずである。

4 慶應茶道会

もし大学の受験に落ちたら……料理の勉強をしようかな、と話していたと姉が言う。私にはその記憶は不確かだが、そう思ったことがあったかもしれない。慶應大学に入学してすぐ、日吉に通う東横線の自由が丘駅で降りて、当時テレビでも人気のあった田村魚菜学園を覗きに行ったことがある。結局覗いただけで終ったが……。

クラブ活動は慶應茶道会に入った。先人に松永安左ヱ門や益田鈍翁などがいただけに伝統のあるクラブであった。ちなみに、江戸千家の家元川上兄弟はすぐ上の先輩である。また、茶道具店の子息などもいた。今、たぶん財界一の茶人は、はごろもフーズの後藤康雄会長であろうが、一年先輩であった。氏はのちに武者小路千家の令嬢を娶った。

そんな浮世離れした会に、抹茶を飲んだことのない田舎者が入ったのである。余談だが、その頃の都会と田舎の落差は大きかった。私の友人は洋式トイレの縁に乗って「不安定だ」と言っていたし、パーティーに招かれた学友の家で茶色の蠟燭をチョコレートと間違えて齧ったなどという、田舎者の悲しい逸話を残している。

作法（手前）は茶道会で教えてくれるわけではなく、各人が好きな流派を選んで先生につき、会では毎月青山の「潮香庵」という茶室を借りて茶会を催した。茶陶製作や茶道の歴史、墨蹟《ぼくせき》の勉強など、いくつかの班があった。

私は先輩に連れられて青山の表千家の稽古場へ通った。男の生徒は二人だけであった。何といっても青山である。若くて綺麗な女性が多いのである。当時イギリス人モデルのツイッギーの影響でミニスカートが全盛であった。正面に並ぶ膝頭がまぶしく、立て膝をするときなどはことさらである。その膝を見ながら「お道具拝見します」などと言うのだから、なんとも奇妙である。

私たちの様子を見ていた先生は、ある時からお手前をする女性には腰巻のような前掛けをつけさせるようになった。これは私たち二人の視線対策であることは明らかであった。私を誘った先輩が休みがちになると、私もだんだん行きづらくなり、しばらくして下宿に近い、田園調布の裏千家の稽古場へ移った。

夏休みに入る頃、北海道出身の先輩から、夏は京都の親戚の家でしばらく過ごすからよかったら来ないか、と誘いを受けた。お盆を過ぎた頃であろうか。もらっていた地図を頼りに大宮通五条上ルのその家を訪ねた。夜であった。それが私の四度目の京都訪問ということになる。

梅一枝《うめひとえ》添《そ》へて茶会《ちゃかい》の誘《さそ》ひかな　　伊那男

5　京の四姉妹

　その家の玄関を開けると、それはそれは美しい四姉妹が出てきたので思わず後ずさりをした。長女は先輩と同じ十九歳で同志社大学工学部の学生であった。先輩の従姉妹たちとはとても思えない、まるで『細雪』の四姉妹のようだ！　としばらく私はぽかんと口を開けたままであった。Tシャツにサンダル履きで訪ねたのを悔やんで、翌日衣類や靴を買った記憶がある。お父上は京都の大手タクシー会社の重役であった。町中であるにもかかわらず坪庭が真中にある京都特有の落ち着いた家であった。

　私と先輩はその家の近所の別宅で過ごすこととなった。当時アイドルグループのザ・タイガースが人気で、その別宅で娘さんたちが持ってきてくれた「モナリザの微笑」や「花の首飾り」などのレコードを飽きることもなく聴いていた記憶がある。当然、寺社巡りなどもしたと思うのだが記憶が薄い。何回か酒好きの父上と食卓を囲んだが、母上が料理の名手で実に品のよい京都の「おばんざい」を御馳走になった。

　あるときは四条通鴨川横の東華菜館にも案内していただいた。エレベーターで南田洋子、長門裕之夫妻と乗り合わせたことを覚えている。その家にたぶん十日ほどはお世話になったのではないか。八月下旬、地蔵盆《じぞうぼん》の頃になると、暑いことで知られる京都も秋の気配の風が吹き始めていた。

ちなみにその後五年ほど時を経て、私は京都で働くこととなり、何度かこの家をお訪ねすることとなる。父上は物腰はやわらかいけれど京都人にしては、はっきりと物を言う気骨のある方であった。あとから知ったが滋賀県の出身、いわゆる立志伝中の人である。洒脱で美食家で酒豪であった。後年カナダ旅行中に疲労で倒れ、現地の病院に入院したが、点滴液の中に「アルコールを入れてくれ！」と頼んだという逸話を残している。釣りが趣味で、あるときは前夜からそのお宅に泊まり込んで、夜中、父上の運転で日本海の漁村まで案内してもらったこともある。釣りに興味のない私はただ眠いだけであったが……。

私が最初にお訪ねした頃は「女は文学なんぞに馴染んではいけない」という超保守派で、長女はそういう教育のもとに育てられ工学部に入学したようであった。晩夏を京都に遊んだ一年後くらいであったのか、もう少しあとであったのか、なんとその長女が東京へ出奔してきてしまったのである。

知《し》らぬ子《こ》が一人《ひとり》交《まじ》りて地蔵盆《じぞうぼん》　伊那男

京都よもやまばなし②

下京や雪つむ上の夜の雨

応仁の乱のあとくらいから行政区分ということではなく、ごく自然に上京は公家や武家が、下京は商人や工人などが住み分けたようだ。野沢凡兆が〈～雪つむ上の夜の雨〉と詠み、上五に悩んでいた時、芭蕉が「下京や」と冠を置いた。凡兆は不満であったが芭蕉は「もしまさる物あらばわれふたたび俳諧を言うべからず」と断言した。下京という庶民の町の温もりが眼目である。これが原因かどうかわからないが、その後凡兆は芭蕉から遠ざかり、消息不明となった。

6　同人誌の発行

長女は夜中に身の回りの荷物を二階の部屋からそっと外に出し、家族には何も告げずに家を出て、東京の先輩のもとに走った。いわゆる駆け落ちである。残された両親は何が何だかわからない。連絡の取りようもないのである。結局私が京都に出した礼状などの住所を追って問い合わせがきた。「ともかく二人に会わせてほしい」という申し入れであった。

そのとき先輩は都立大学駅近くの下宿を出て、同じ東横線の新丸子から歩いて十分ほどの路地奥の長屋住宅のようなところに移って二人で暮らしはじめていた。京都のご両親の意向などを伝えて、多少のやりとりのあと、ある日、渋谷の喫茶店で両親との面談の運びとなった。私はその設定をして退席したので、どんな話し合いがなされたのかは知らない。結局彼女は京都へは戻らず、同志社大学を中退し、アルバイトなどをしながら二人の生活が始まった。こうした熱い恋愛はそれまで見たことも聞いたこともなく、私にとっては驚天動地のできごとであった。

しかし、親戚どうしのことであるし、この件はだんだんに落ちつき、青山のレストランで小さな結婚披露宴を開いた。先輩夫婦とは茶道の稽古場も一緒であったし、新丸子の住居には度々転がり込んで夕食をごちそうになったりと、親しい関係は続いた。

もともと読書好きな仲間でもあったから、同人誌を出そうということになり、十人ほどが集った。「惰眠」という誌名をつけ、小説や詩、評論などを皆で書いた。結局三号までで終わったが、それは先輩たちが卒業し、社会人になっていったからである。

私は主に詩や小説めいたものを書いた。小説家では太宰治、詩人では四季派の人々、特に津村信夫が好きであった。津村の愛した信濃追分や戸隠高原などへは詩集を抱えて訪ねたりもした。雪の中の戸隠へ行ったときは、スキーもせずに部屋に閉じ籠っている私を自殺志願者ではないかと宿の人が心配した様子で、理由をつけては度々部屋を覗きに来た。

もちろん京都は毎年夏休みに茶道会の合宿があり、訪ねた。裏千家、武者小路千家の家元の茶室を拝見したり、足を伸ばして信楽焼の工房へ泊り込んで茶陶作りの轆轤《ろくろ》を廻したりもした。宿はたいがい東美濃詰所という本願寺にお参りにくる人のための宿で、宿泊費は安かった。

太宰忌《だざいき》の居酒屋《いざかや》にある忘《わす》れ傘《がさ》　伊那男

7—ビートルズを超えた？

大学時代に詩を作っていたと書いたが、高校時代のことで書き忘れていたことがあるので、少し遡りたい。高校時代には文芸部に所属し、当時おきまりの太宰治にかぶれたり、詩や小説めいたものを書いたりしていた。その頃は詩が盛んで、本屋にも詩のコーナーが一角を占めていたし、現代詩の作家別シリーズなどが並んでいた。そういえば当時ベストセラーになった『愛と死をみつめて』の河野実さんは伊那北高校の先輩である。

高校二年のときであったか、ギターの名手でもあった同期のI君が作曲し私が歌詞をつけた「菜の花が咲いていた」という歌が文化祭などで演奏され、そこそこの評価を得た。その後大学時代になって、東京に出てきたI君や、今、句仲間のK君などがその曲をレコード盤にしたのである。それを信越放送に持ち込んで流してもらったところ、じわじわとリクエスト数が増えて、ある週の番組のベストテンの4位までに入ったという。ビートルズの「レット・イット・ビー」が8位であった！　K君は「いいか、ビートルズを抜いたんだぞ」と、今も自慢する。もっとも彼はシンバルのようなものを叩いていただけのはずだが……。

この歌詞は溶けてしまいそうなほど甘いもので、思い出すと冷汗がにじむけれど、この際恥のかきついでに書き残しておく。

「菜の花が咲いていた」

一、菜の花畑の娘さん
つばめが君に恋をした
花束片手に夢見てる
やさしい君に
甘く歌う君の瞳に
恋をしたのは　つばめだけじゃない
草笛を吹いて君想う　僕は君が好き

時を経て、現在私の出身地の長野県駒ヶ根市の市長を務めている小・中・高校同期のS君が、その選挙期間中、選挙カーでこの歌を流して街を走り回っていたそうである。あの曲が半世紀を経た今も選挙カーとはいえ伊那谷に流れていることがおかしい。

初燕川《はつつばめかわ》の曲《まが》りに沿《そ》ひて来《く》る　　伊那男

8　安田講堂陥落

大学時代に話を戻す。京都とは離れるが、少し道草をさせていただく。実は慶應大学の受験では文学部も受けていたのだが、結果は不合格であった。しかしその希望は捨てがたく、二年生になる前に文学部国文科への転部試験を受けた。一時間目の試験問題が難しかったこともあるが、試験中に父母の顔が浮かび、移ったらきっと嘆くし怒るだろうな、という思いが去来し、結局、二時間目は放棄して会場を出てしまった。それがよかったかどうかは今もってわからない。ただし三田に移った三、四年生の時は聴講生として文学部の授業を何講座か受け、成績表にAの数を増やした。

さて、団塊の世代であるわれわれの学生時代は、また激動の時代でもあった。今から振り返ると闘争の理由は明確とは言えないのだが、あちこちで学生運動が勃発していた。ヘルメットを被った学生がうろうろしていたし、過激な立看板や声高な演説が響いているのが、普通の学園風景であった。

一年生の後半に入っていた昭和四十四年一月には、東京大学安田講堂占拠事件があった。私も例の先輩（以降Tさんと呼ぶ）もともに学生運動には反対であった。私は心情的右翼だったからだが、Tさんは私より論理的、理知的な理由であった。東大に機動隊が突入したという二日目、「今日は歴史に残る日になるかもしれないぞ、この目で見ておこう」と語り合って本郷界隈へ出かけた。

東大周辺は機動隊が固め、ヘリコプターも飛びまわり、騒然たる雰囲気であった。半日ほど歩き回り、夕方御茶ノ水駅近くの中華料理店の二階に上がった。テレビは安田講堂の中継をしており、食事をしている間に「安田講堂陥落！」との報道が流れた。思わず「やったね」とビールのコップを持ち上げて乾杯をすると、周囲の男たちが総立ちになって私たちを睨んだ。皆、血走った目をしていたが、思えば私たち二人以外は学生運動のシンパであったのだ。

その後も学生運動は激化していき、神田周辺などは最も激烈な「戦場」であった。御茶ノ水駅から三省堂へと通じる駿河台の大通りは「日本のカルチェ・ラタン」などと呼ばれていた。ある日、この街の闘争直後を見に行くと、路上には投石や火炎瓶のかけらが散乱し、目に染みる催涙弾の名残が漂っていた。

蟬採《せみと》りの子《こ》が東大《とうだい》の裏門《うらもん》に　　伊那男

9―騒乱の新宿西口広場

たいした政治意識があったわけでもない私だが、時代の影響は免れがたく、私は茶道会とは別に、慶應国防研究会にも入っていた。その会の誰かの紹介であったのか、経緯は忘れてしまったが、渋谷駅近くの雑居ビルの中にある事務所に顔を出していた。「日本ＸＸ党」という名称であった。今から思うと、一体どんな人が主宰しているのか、事務所費用はどう賄っているのか……など、何も考えたこともなかった。十八・十九歳のこととてそういうことには頭が廻らなかったのである。

その事務所へ勉強会に数回行ったある日、「これから新宿駅西口の騒乱を鎮圧に行く！」と言われた。その日は羽織袴で高下駄を履いた隊員が十名ほどいたであろうか。私は普通の服装のままであったが、「君はこれを持て」と、長い竿に巻いた大きな旗を持たされた。

当時の新宿駅西口は、べ平連が始めたフォークゲリラが盛り上っていた。土、日ともなると五千人から七千人の若者が集まり、西口公園の方まで埋め尽くされていた。機動隊が多数出動し、規制で公道から排除された若者が歩道橋の上などに登り、鈴生りの状態であった。そこへ乗り込もうというのである。

それほど親しくもなく、名前なども知らない関係ながら、まなじりを決した隊員に囲まれて、そこまでセットされてしまうと、まさか嫌だと言えず、結局この奇妙な身なりの集団と山の手線に乗り込んだのである。

新宿駅西口に降りたつと、改札口には大勢の警官や機動隊員がいて、長い竿を持った私はすぐに捕まって、西口交番の中に連行された。私を囲んだ警官が「こんなものを持ってきちゃ駄目なんだよ」と言いながら、巻いてある旗を開いた。その旗は紺の地に「昭和維新」という文字が白抜きに浮き出たものであった。これを見た警官は「あっそう、ご苦労さん」と言い、私を解放してくれたのである。

そのあと私が旗を立てて先頭に立ち、羽織袴の男たちが一列に隊列を組んで、「昭和維新の歌」や、「兵隊さんよありがとう」の歌を「おまわりさんよありがとう」に替えて、声を張り上げて西口公園までの道を大きく一周した。「馬鹿野郎」「ナンセンス」「帰れ」——などという罵声が雨のように降り注ぐ中であった。その後地元の渋谷に戻り、ハチ公の前でも気勢をあげた。今思うとよく「自己反省」や「粛清」もされず無事であったと思う。中途半端な心情右翼の私は、さすがにこの集団にはついてゆけず、そのあとその事務所に通うのは止めた。

諍《いさか》ひの理由《りゆう》ふたしか亀鳴《かめな》けり　　伊那男

10 ― 全学ストライキ突入

そうこうしているうちに日吉のキャンパスも騒がしくなり、二年生の夏休み明けの頃であったか、全学ストライキ突入ということになった。各クラスごとにストライキの可否を問う集会があり、「スト反対者は?」と問われて挙手をしたのは私ともう一人くらいしかいなかったようだ。おっとりとしたこの大学にも異様なエネルギーが充満していたのである。

ストの間、Tさん夫妻がTさんの生家のある北海道根室に帰ることになり、誘われたので私も追いかけることにした。そういえば、その前年の冬、――まだTさんの駆落ち前のことだが――帰郷していたTさんから「根室へ来ないか」と誘ってもらったことがある。その時は信州から「サムクテユケヌ」と電報を打った。面白い電文だと、ご両親がのちのちまで思い出しては笑ってくれたものだ。

初めての北海道は空気が澄んでいて、壮大な風景であった。根室は花咲蟹の水揚げの最盛期で、街の一角に五右衛門風呂のような大釜を据えて、真赤に茹で上げて売っていた。Tさんの家では、山盛りの蟹を用意してくれた。ぽきぽきと脚を折って割り箸で突き出して食べるのである。どんこ汁というぬめりのある魚の汁もうまかった。

街の中の炉端焼店というところにも初めて行った。信州では見たこともない、きんきとかほっけとかであったのだろうか、とてつもなく大きな魚の開きなどをカウンターの中の炉で焼いて、これまたシャベルのようなしゃもじの上に乗せて、手許へ届けてくれるのである。

また風蓮湖《ふうれんこ》に遡上する鮭——秋味と呼んでいた——を食べる「秋味祭」などというイベントもあり、大空の下で鮭の味噌汁を味わったことなども忘れ難い。

その頃はボーリングがブームだった。この北辺の町にもボーリング場があり、つれづれに行ったりもした。時化の日のボーリング場には体格の良い漁師さんも来ていて、最も重いボールを頭の上まで持ち上げて軽々と投げる。一番軽いボールをちょろちょろと転がしている私は、その迫力に舌を巻いたものである。

そのうちにストライキが終わったという連絡が入った。九月の中旬くらいであったと思うが、北海道はもう秋も深まり、根釧原野の草々は紅葉するというよりも葉裏からちりちりと焦げ始めていくような感じであった。

或《あ》る朝《あした》ぱたりと蝦夷《えぞ》の秋逝《あきゆ》けり　　伊那男

京都よもやまばなし③

信長と鉄砲と本能寺

信長の京都の宿所は妙覚寺、本能寺と、日蓮宗の寺であった。何故日蓮宗なのか？　信長の舅、斎藤道三が幼年期に妙覚寺で得度しており、濃姫の兄弟もこれらの寺に関わる日饒上人だったという縁である。また、本能寺の何代か前の日典上人が種子島の出身であり、信長と鉄砲の出会いは決して偶然とはいえないようだ。関ケ原合戦には約五万挺の鉄砲が投入されたという。鉄砲伝来から半世紀ほどの間に全世界の鉄砲の五十パーセントほどが日本に存在したのである。

第二章

船出

I 証券会社入社

T先輩は野村證券に入社した。その頃は高度経済成長期であったから、企業はいち早く学生を獲得しようと、いわゆる「青田刈り」と呼ばれる前倒しの入社試験を実施していた。ぼんやりと暮らしていた私は出版社か新聞社がいいかな……などと漠然と思っていたが、だからといって会社訪問をしたり、先輩の話を聞きにいくというようなことも一切していなかった。

T先輩が野村證券を受けてみないかというので、ではそうしましょうと二つ返事で受けてみた。証券会社がどんな仕事をしているのか、社会的にどんな存在価値があるのか……などということも、ほとんど知ろうともせず、T先輩がいるならいいやという理由だけで受けたのだった。内定したのは三年生の後半、二月頃ではなかったろうか。専門課程である三年生の成績証明書はまだ出ておらず、企業は一般教養過程の二年間の成績で採用決定をしていたことになる。そんなふうにはやばやと就職が決まり、のんびり四年生の一年間を過ごして卒業した。いまでは想像もできない、なんとも幸せな時代であった。

学生時代の思い出をもうひとつ。当時は大学受験の合否を知らせるアルバイトがあった。受験番号と住所を聞き、結果発表の確認を請け負う。合格すると「サクラサク」、不合格だと「サクラチル」などと電報を打つのである。私はこれを電報ではなく、電話で直接伝えたらはるかに早いし、思いやりがあるのではないかと思いついた。まだ誰もやっていなかったのである。

さっそくT先輩を誘って三田のキャンパスで始めた。合格発表の日、十円玉を大量に持って公衆電話から合否の電話をかける。ところが留守で電話口に出てこなかったり、出てきたのが訛りの強いお婆さんで、さんざん説明したあと丁寧なお礼があり、やれやれと切ろうとすると本人に替わります、などと言って待たされる。結局のところ、かなりのコストがかかってしまうケースが多いのであった。

しかし懲りずにもう一つ合格写真撮影ということを考えついた。入学手続に来た学生や親をつかまえて三田の象徴である煉瓦造りの図書館の前で記念写真を撮影するのである。これは五組ほどつかまえたが照れてしまう人が多く、それほどの需要はなかった。いずれも商売のアイディアはなかなかよかったと思うのだが、効率性はさほどではなかった。

そんなことを一緒にやったT先輩は、なんと！　後年野村證券のナンバー2まで登りつめることになる。商売の発想は私の方がよかったのだが……。

蛤《はまぐり》になれぬ雀《すずめ》のまろびけり　　伊那男

2　江古田時代

　学生時代に住んでいた下宿のことを書く。入学した直後、西武池袋線の江古田にある兄の下宿へ転がり込んだ。表具屋さんが持っているアパートで、二階の西日の当たる四畳半。その四畳半の半の部分は押入れであったから、実質は四畳である。たしかその頃の家賃は一畳千円というような相場であったと思う。トイレ・洗面所は共同使用。その四畳の中に机が二つ並んだのであるから、あとは布団を敷く隙間しかない。よく兄が受け入れてくれたと思う。

　そういえば、高校時代、浪人中の兄は私のことを心配してくれて、ともかく東京の受験戦争の風に当たった方がよいと父母に話し、私は高校三年の夏休み、早稲田ゼミナールの夏期講座、年末年始の直前講習などを受けに上京していた。代々木学院の模擬試験も週末何度か受けに行ったが、国語だけはよく出来て、上位成績者の賞品を、兄が受け取りに行ってくれたものだ。自分が浪人しているのに、弟のことを気づかってくれる兄であった。

　私が大学に入学した時に兄は、三度目の浪人生活中。一方で私は学生生活に入り、楽しくて楽しくて仕方がなく、毎日遊び歩く。酒を飲む。真っ先に覚えたのが、当時流行っていた「コンパ」という形態の酒場。サントリーやニッカウヰスキーの洋酒を中心とする酒場で、たとえばサントリーレッド、ジンなどを小売値の倍の千円くらいでボトルキープする。これをベースにマンハッタンやジンライムなどのカクテルを作ってもらうのだが、その作り賃が五〇円、という仕組み。作ってくれるバーテンダーは全員若い女の子。この会員券を渋谷や新宿などに持っていて、うろうろしていたのである。

また、今は渋谷のセンター街は若者のたむろする繁華街となっているが、その当時はのんびりしたもので、入って五〇メートルほど行った左側の木造の仕舞屋に「三平」という居酒屋があった。おばさんがカウンターの中にいて、混めば二階の畳の部屋、多分おばさんの寝泊りしている部屋なのだろうが、そこにも客が入った。二階といってもちゃんとした階段ではなく梯子なので天井にぽかりと穴があいていて、魚を焼く煙も匂いも、筒抜けに上ってくる。その二階の窓の手摺にもたれて、センター街を歩く人たちを見ながら酒を飲むのが楽しかった。すぐにツケもきいて、ある時払いである。

神田川見《かんだがわみ》ゆる下宿《げしゅく》のなめくぢり

伊那男

3　田園調布時代

兄と暮らした江古田時代の続きである。江古田は当時から日大芸術学部、武蔵野音楽大学、武蔵大学があり学生の町として賑わっていた。物価なども安かった思う。

江古田では銭湯の帰りなどにも酒場に寄った。合成酒がコップ一杯四〇円という屋台の続きのような店もあった。豚足などというものもその時初めて見た。白く茹で上げて、爪も付いたまま出てくる。酢味噌をつけて齧るのだという。これには閉口した記憶がある。そんな生活をしながら兄と暮らしていたが、なんだか兄が気の毒になってきて、数ヶ月で東横線の学芸大学前駅から五、六分のところにある下宿へ移った。ここもやはり四畳半であったと思う。

木造の商家の造りで、関東大震災にも耐えたと聞いたが、さて本当であったかどうか。二十数年前に通りかかったが、分譲マンションに替わっていた。目黒区碑文谷の地名であった。同じ下宿には四、五人の学生がいたと思う。

その中で私だけが一階の部屋で、廊下を挟んで向かいには、家主の老夫婦が住んでいた。夫の方は以前大工だったと聞いた。痔を患っているとのことで、浮袋のような、真中に穴のあいた丸い座布団にいつも座っていて無口な人であった。

妻の方は、若いころ信州岡谷の製糸工場で働いていたことがあるという。女工哀史のひとりであったのかもしれない。この方が時々、それも朝いきなり、コップ酒を持って私の部屋に来て、「飲め」という。「いやあ、まだ朝ですから」というと「いやいや、好きなものはいつでもいいんだよ」といって襖の外で飲み干すのを待っているのである。

その下宿には七、八ヶ月いて、今度は田園調布七丁目の下宿へ移った。あの、人もうらやむ田園調布である。安住敦に〈時雨《しぐる》るるや駅《えき》に西口東口《にしぐちひがしぐち》〉の句がある。その句ができた当時「春燈」主宰にかつがれた久保田万太郎が田園調布に住んでいて、選句稿をもらうために安住敦が度々通ったという。もちろんこの句を私が知ったのは、はるか後年のことである。たしか駅の前が白木屋の株買占めで名を成し、トーヨーボール、ホテルニュージャパンのオーナーになった横井英樹邸であった。その西口側が放射状街路を持った超高級住宅地である。

その西口が私も降り口。左側の道路を進むと宝来公園があり、車道を横切ってぐっと坂をあがる。すると眼下に多摩川の眺望が広がる。中洲の左側が巨人軍の練習場である。坂を降り切ったあたりにその下宿はあった。洋間でベッドが備え付けの洒落た作りで、朝晩の食事つきだった。

鳥帰《とりかえ》る川《かわ》は光《ひかり》の棒《ぼう》なせり　伊那男

4　吉祥寺時代

田園調布の下宿には四つの部屋があり、一階に一人、二階に三人が住んでいた。私は二階の真中の部屋であった。家主は老姉妹で、清掃も行き届いていて綺麗な下宿であったが、門限にうるさく、また音を立てることを極端に嫌がった。友人が来たり、同宿人と話したりして、ちょっと声が高くなると、翌日ドアに「昨夜は盛り上がっていたようですが……」というような注意書きが貼られたりした。しかし日吉の校舎まで極めて近く、茶道の稽古場も歩いて四、五分の極めて快適な町であった。駅前には高いけれどうまい珈琲を出す店もあった。

大学三年になると校舎は日吉から三田に移る。やっとのことで兄が医学生になっていたが、胆石を患い手術を受けた。しかもその手術の最中、手術台を上げ下げする時に、手を挟まれて、一時指が動かなくなる事態となった。全身麻酔で何も解らない間のことで医療事故である。幸い数ヶ月で回復したが、大変な事件であった。

そんなこともあったので、父母も心配して、また一緒に住んだらどうかということになった。折しも茶道部の先輩の一人で、留年の果てに同居の妹さんと同時卒業ということになり、吉祥寺の部屋を出るという方がいたので、そこを引き継いで借りることにした。五階建てのいわゆるマンションで、当時の吉祥寺では住宅としては高層建築の部類であった。中央線で新宿から吉祥寺駅へ向かうと、到着の直前の高架に張りつくような近さの物件で、今も残っている。

玄関を入ると台所と食卓があり、六畳間が二つ。当然風呂つきである。家賃は三万五千円くらいで当時の学生が住むにはかなり贅沢であったが借りることにした。先輩が什器備品、ベッド、テレビその他一切を残していってくれた。電話もそのまま継続。ここから井の頭線で渋谷に出て、渋谷から田町駅行きのバスに乗る。慶應義塾大学前の停留所で降りるという通学コースであった。

別の先輩の親戚の家が井の頭公園の近くにあり、紹介されて何度か遊びに行ったが、そのうちにその家の明星学園に通う高校生の男の子の家庭教師を頼まれた。週一回であったか、夕方から三時間くらい教え、そのあとお父上と酒盛りをする。父上は東大を出た医者で吉祥寺の某病院に勤め、なおかつ自宅でも開業をしていた。この一家ともいろいろな思い出がある。

東京《とうきょう》にづかづかと夏来《なつき》たりけり　　伊那男

5　武蔵野の姉妹

家庭教師を頼まれた家には子供が三人いた。姉二人と、私が教えていた男の子だった。姉は私より三歳くらい年上、妹は私と同年であった。父上は髭に赤毛が混じっており、話によれば長崎県五島列島の網元の出身。歴史には出てこないが、五島は異人との交流が密接にあったようで、「何代か前の混血なんだよ」と言っていた。大きな家が残っていて「李鴻章の借用書もあるよ」とも言っていた。李鴻章？　何と、あの日清戦争時の清朝の実力者である。娘二人も日本人ばなれした目鼻立ちのはっきりとした美人であった。

ある冬、志賀高原のスキー場へ行ったことがある。私を紹介した先輩や弟君が一日遅れてくることになり、私と姉の二人が一晩同じ部屋で過ごすことになったのである。食事のあと姉が座卓を部屋の真ん中に立てて「マサ（私のことである）、ここからこっちに来たら駄目よ」と宣言したのだ。私は正座して「はい」と答えた。妹の方は豊胸であった。ある時、玄関まで送ってきてくれた時に、そんなつもりはなかったのだが、私が胸を触ったらしい。するとあっという間に手首を摑まれて「パパ、ママ、マサが触った！」と騒ぐので実に困った思い出がある。

後に、姉の方は芦屋の時計商の子息と結婚した。婚約時代に京都に遊びに来てくれて、婚約者と三人で哲学の道を散策したことがある。妹の方はハンサムな男と結婚し、なぜか私が銀座マキシムでの結婚披露宴の司会を務めた。私が就職した年の夏、誘われてその二人と弟君と四人で父上の郷里、五島列島を旅行した。その後彼女は離婚し、再婚したようだが三〇代半ばで白血病で亡くなった。葬儀の知らせを受けて会場に行くと、ご亭主の顔が前の人と違っていたのである。

さて家庭教師のことである。当時の明星学園は無着成恭氏が着任してから、そのユニークな教育方針が話題となっていた。しかし、全く受験体制を取っていなかったので、その結果、弟君の学力レベルは中学生より低いのではないかと思うほどの酷さであった。結局二年浪人して日本大学芸術学部に入り、卒業後は広告会社に入った。その他にも兄と住んでいた集合住宅の向かいの雑貨屋の奥方に、中学生の息子の家庭教師を頼まれた。タバコを買いにいく店で、奥方（化粧の濃い人で眉の描き方が下手だった）と四方山話などしている中で目を付けられたのである。小さな雑貨屋だと思っていたのだが、実は吉祥寺周辺にいくつもの広い駐車場を持っている、とんでもない資産家であることがあとからわかった。この家庭教師も苦戦したが、兄と二人で一所懸命教えた結果、目標の法政二高に合格し、ずいぶん感謝された。

苗木市《なえぎいち》売《う》れ残《のこ》るもの芽吹《めぶ》きけり　　伊那男

6　京都へ配属

だいぶ回り道をしてしまったが、いよいよ本格的に京都との縁を書くことにする。昭和四十七年四月、私は野村證券に入社した。本社は中央区日本橋のたもと。同期は一五〇人ほどであった。

入社式のあと、京王線上北沢の駅から五分ほど歩いたところにある研修センターに移り、三週間ほど新入社員教育を受けた。経済の知識など皆無であったし、理解力の低い私のこと、なかなか大変であった。

研修の途中、どういう加減であったのか扁桃腺が腫れて高熱を発した。夕食に出た烏賊のリング揚げが喉を通らず、それで気づいたのだ。翌日も熱が下がらず、思いあまって研修課長に一日休みをいただきたいと申し出た。温顔の人であったが、即座に「駄目だ！」と一蹴された。そのきっぱりした口調に、ああ、これが社会なんだ、自己管理ができなければおしまいなんだと認識した。このあとも野村證券に在籍していた五年の間はよく扁桃腺が腫れたものだが、不思議なことに転職後はぴたりと治まったのである。

研修の最後に、二日間それぞれの地区を指定されて、何でもよいから手当り次第に会社に飛び込んで社長の名刺をもらってこいと放り出された。一種の肝だめしのようなものである。あとから振り返ってみると、この時名刺をたくさん獲得した者が、結果的には営業マンとして成功したように思われる。

研修期間の終わる二、三日前、各人の配属先が発表された。この年は誰も本社の管理部門には配属されず、全員が各地の個人営業部門に配属になった。私と二人、計三人が京都支店であった。ああ、京都と縁があるのだな……と思った。ただし、荷物を送るようにと、京都支店の独身寮の住所を渡されて驚いた。

〈京都府乙訓郡向日町大字物集女字灯籠前〉

何！　これ？　乙訓郡……何と読むのか、向日町？　物集女？　どの文字も判読できないのである。少しは京都のことを知っているつもりでいたのだが、全く未知の住所で、頭の中の地図でも、どの方向にあるのかさえわからない。乙訓は「おとくに」、向日町は「むこうまち」、物集女は「もずめ」。あとからわかってきたのだが、それぞれ歴史や文学に磨かれた古い地名である。行ってみると、阪急電鉄の東向日駅から十分ほど歩く場所で、京筍の名産地だった。

春筍《しゅんじゅん》にするすると刃《は》の通《とお》りけり　　伊那男

京の通り名

〈丸《まる》竹《たけ》夷《えびす》二《に》押《おし》御《お》池《いけ》姉《あね》三《さん》六《ろっ》角《かく》蛸《たこ》錦《にしき》四《し》綾《あや》仏《ぶっ》高《たか》松《まつ》万《まん》五《ご》条《じょう》〉——私たち信州人が「信濃の国」を歌えるように京の人はこの唄を歌うことができる。東西横の通り名を北から南へ数えたもので、丸は丸太町、竹は竹屋町という具合である。京の住所は、たとえば「四条通堺町角やで」といえば、私が勤めていた会社の所在地である。縦の通り名の歌もあるが、数が多くて私は正確には唱えられない。散歩のときは地図を見ながらまるで阿弥陀籤を辿るように歩く。

7 独身寮時代

東向日駅から阪急電車に乗れば十五分ほどで四条烏丸駅に着き、地下道を少し歩いて地上に出れば野村證券京都支店があった。支店は四条通と堺町通の角。一筋東が大丸百貨店という一等地であった。祇園祭のときには市長が裃を着けてここに立ち、巡行の山車の順番が間違っていないかどうかを確認する、「籤改め」の重要な場所である。そのために、その一日のためだけにビルをセットバックしてある。祭の当日には、二階の窓辺に大口顧客や舞妓さんなどが来て大変に賑やかであった。

私が入社した頃から、証券業のモラルを高めるために、証券外務員試験という制度ができていて、その試験を通らないと、証券営業ができないことになった。秋に行われるこの試験に合格することが新入社員の重大任務ということで、仕事は五時半くらいで解放されて、独身寮に戻って勉強をした。酒好きの私もこれが済むまでは身を律してみようと、町で酒を飲むのは控えた。

なんだかみんな疲れているな……それが独身寮の最初の印象であった。一番はじめに言葉を交わした紫の腹巻をしていた先輩は――その人は高卒入社の方であったが――「お前ら、いい大学出てなんでこの会社に入ったんだよ。ほかにもいろいろあるだろうに……」と言った。寮生は夜中にぽつりぽつり帰ってきて食事をする。日曜日にはパジャマのままで降りてきて将棋を指したり、テレビを見たりしていて、明確な趣味を持っている感じの人はいなかったのではないか。

しかしあとから思うと、ゴルフは別として趣味など許される職場ではなかったのだ。もし俳句をやっているなどといったら「まず稼いでからだな」と一喝されて終わったことであろう……。

ところで私の同期生二人は、一橋大学卒のO君と関西学院大学卒のS君。二人とも英語が堪能であった。S君は一年でロンドン支店へ転勤。O君は難関の留学生試験に合格してアメリカの大学へ留学。わずか一年で私一人が取り残されてしまった。

私は英語教材のセールスマンに口説かれて、かなり高額のテープを月賦で買わされていたが、独身寮の部屋に届いた十本ほどあるテープは、最初の一巻を聞き終わることもなく、埃をかぶり、やがてスナックの女の子の部屋に引き取られていった。

光秀《みつひで》の討《う》たれし藪《やぶ》の筍《たけのこ》と　　伊那男

京都よもやまばなし⑤

本能寺の変遷

織田信長が生きていたら、どんな日本になっていたのであろうか。社会制度の破壊者であっただけに、もしかしたら天皇制を廃止したかもしれない。今、本能寺は寺町御池通角にあるが、三回ほど移転し、事件当時、油小路蛸薬師あたりにあった。本能寺の変は、近衛前久《さきひさ》を中心とする朝廷が光秀をそそのかしたという説、豊臣秀吉の陰謀説など、話題に事欠かない。変の七年後、再建上棟式当日、秀吉の町割り計画により中止命令が出て現在地へ移った。

明智光秀と竹林

映画やテレビドラマなどで、三日天下で終わった明智光秀が農民に襲われ死ぬ場面が映る。たいがい雨の中の孟宗竹の林で撮影されている。ところが、孟宗竹が日本に伝播したのは十八世紀のことで、あの設定は間違い……。これは司馬遼太郎の本で知ったことだ。さて私が京都で過ごした独身寮の裏は竹林であったが、足を踏み入れてみると靴が埋まるほど土が柔らかい。絶えず土を掘り返し、養分を与えているのだ。竹林というよりも竹畑と呼ぶべきものであった。

8 — 熾烈なる営業

証券外務員の試験をクリアしてからは、新人も一人前の戦力とみなされる。野村證券は昭和三十年代に日本でユニバックのコンピューターの一号機を導入しており、コンピューター化は一歩進んだ会社であった。

およそ四十年以上前のその当時でも、前日の成績が翌朝には支店長の机の上に打ち出されている。手数料収入の会社であるから、複雑な評価基準はない。同じ仕事をしている四つの課の手数料はもちろん、各営業マンの個人の数字も一目瞭然である。近畿ブロックに包括される支店の中で、昨日現在何番であるのか、同期の中では何番か、ということもわかる。ともかく毎日毎日が勝負である。四人の営業課長は、課の成績次第で次にどこかの支店長になる可能性があるので必死である。支店長も役員への昇格がかかっている。「数字が人格である」という上司もいて、酷烈な世界であった。

当時の野村證券は預り資産でみると、まだ地方銀行の中堅クラスであり、株式以外の貯蓄型商品などの資金集めにも注力し始めていて、三日に一回くらい募集商品の締切りがあった。ともかく「銀行に追いつけ！」が至上命令の時代である。私などのように、本音は「無理せず仲良く食っていけたらいいんじゃないか」と思っている者などは失格者であった。それでも支店の記録を塗り替える額の投資信託を契約したこともあったが、それはポテンヒットのようなもので、やはり毎日、毎週、毎月コンスタントに手数料を上げていかなくてはならない。

水曜日だけは労働組合の力もあって七時くらいに退社命令が出たが、九時、十時までの残業は普通であった。そのあと飲みに行くのである。私がよく通った店に祇園の「遊里香」という店がある。その昔、川端康成が寄った店で「百合香」の名であったものを康成が書きかえたという。新入社員が出入りするような店ではないが、気風のいいママは私の請求書には手心を加えてくれていたと思われる。それでも給料の大半を払うこともあった。

もう一つは「五輪」という店で、ギターやピアノの先生が伴奏をして歌を歌うこともできた。まだカラオケが普及する前であった。この店はボーナス一括払いにしてもらった。そのような生活のため、いつも金がない。ときどき母から送金をしてもらい、その現金書留を財布がわりにして支払ったりしたので、後年、妻から、こういう男と結婚してよいのかどうか、そこが一番迷ったところだと言われた。

どう見《み》ても無駄働《むだばたら》きの鵜《う》のをりぬ　伊那男

9　手数料の稼ぎ方

その時代の証券業界は、田中角栄の推進する「日本列島改造論」に乗った過剰流動性の相場展開であった。一口に言えば金余りの時代で、物の価値も変わった時期である。

昭和四十七年の私の初任給は確か四万七千円であったが、調整加給（物価上昇に対する調整）と称して定期昇給とは別の給与が支給されていて、三年ほどでその額が給与を超えた記憶がある。株価でいえば鉄鋼株は入社当時五十円から五十五円、つまり額面（発行価格）とほとんど変わらない値であった。それが二年ほどの間に新日鉄が二百二十円くらい、その他の株も軒並二〇〇円前後になったのだから約四倍である。

証券営業マンはどう対処していたか！　駄目な営業マンは客に五十五円の新日鉄を勧めて二〇〇円まで持ち続けて売る。二年間で約四倍になり、売買の手数料が一回ずつ入る。優秀な営業マンは二十円上がったところで、出遅れているからといって日本鋼管を勧め、更に神戸製鋼、川崎製鉄と鞍替えしていく。そしてやっぱり何といっても新日鉄が一番！といって元に戻す。

今いっただけで同じ鉄鋼株の上昇過程のなかで手数料収入は四倍になるのである。実は優秀な営業マンはこれをもっともっと頻繁に、月に五回も十回も動かすのであり、いや、毎日動かすこともあり、そこが技倆ということになる。

しかし私の実感では株式投資というものは五勝一敗で収支トントンがいいところである。その理由は上がったときは少しの利益でも売却するが、下がったときはなかなか諦めがつかず、ずるずると持ち続けるので、結果として損失が大きくなるからである。「見切り千両」という相場の格言があるが、それは結局はできないからこそ格言になるのである。また「休むも相場」とも言うが、営業マンは、客を休ませる訳にはいかない。そんなわけで結局は行き詰まっていく。

それでもなおかつ生き残っていく優秀な営業マンがいる。その条件とは、①損をさせたときにも逃げない精神力と人間的な魅力を持っていること。②信念に反した商売はしないこと。③そのために絶えず新規開拓をすること……。

私などはその場しのぎの信念のない営業マンであったし、客が少なければ嫌でも全部の持駒を動員せざるを得ない。結局のところ、四十年近く経った今でも書くことをためらう卑劣な商売をいくつもやってしまったのである。たとえば……いや、書けない。そのようなことが原因で急遽東京へ転勤したのである。

にはとりの迷《まよ》ひ込《こ》みたる踊《おどり》の輪《わ》　　伊那男

京都よもやまばなし⑥

勤王の志士の巣窟

河原町通御池の角「京都ホテルオークラ」は長州藩屋敷跡で、桂小五郎像がある。そこから四条通までの木屋町、河原町界隈は幕末の勤王の志士たちの巣窟であった。佐久間象山・大村益次郎遭難の地、池田屋跡、坂本龍馬・中岡慎太郎遭難の地、古高俊太郎寓居跡、土佐藩邸跡、武市半平太寓居跡……。一時間ほどの散策で全部辿ることができてしまう。維新前夜、この狭い土地に志士たちが入れ替り立ち替り出没し、濃密な歴史を残したのである。

賀茂の流れ

先年の台風で大堰《おおい》川が氾濫し、嵐山の宿屋街が浸水した。千年間治水を繰り返してきた町だが今もって自然の力には勝てない。かつて白川院が「賀茂河の水、双六の賽、山法師、是ぞわが心にかなはぬもの」と嘆いたように賀茂川もまた暴れ川である。その河原は出雲阿国の歌舞伎興行があり、豊臣秀次の係累の大量処刑がありと、折々歴史の舞台となった。通常は流れも緩く浅いのだが過日、台風の翌日、橋桁に迫る牙を剥いたこの川の流れを目撃し、恐怖を憶えた。

10 嘘の三八に結婚

二十五歳で結婚した。妻は同じ京都支店に勤めていて私より一つ年下であった。実家は大和大路通五条下ルの、馬町と呼ばれる古い町家であった。関東屋という屋号を持ち、味噌や甘酒の製造販売をしていた。ただし妻の父は妻が十三歳の時、交通事故で亡くなり、ほぼ廃業状態になっていた。私の知っている頃は縁戚の方が甘酒を作って、文之助茶屋、清水寺や伏見稲荷の茶店へ納めるくらいであったようだ。

妻は学生の頃は配達を手伝って、荷を積んだ自転車であの清水坂を往復し脚力を鍛えられたという。祖母と母は折り合いが悪かったようで、母は嵯峨野の味噌工場の跡地に住み、アパート経営などで生計を立てていた。三人姉弟の長女であった妻だけが馬町の祖母のもとで育った。

結婚したのは東京に転勤したあとのことである。挙式は信濃町の明治記念館。三月八日が挙式日であったが、先輩たちは「嘘の三八といって数字がよくないんだよね」などといって、どれくらいで別れるかなどと話題にしたという。披露宴では「ちぎれた愛」などという歌を熱唱する先輩もいて困った。一ヶ月後に信州でも地元の方々に集まっていただいて、もう一度披露宴を行った。

新居は厚生部に相談に行くと、某航空会社との間で持家貸借協定があり、「丁度アラスカに転勤した人の家が空いているがどうか？」という。

聞けば渋谷区広尾一丁目の大きな家で、一階は父上の開業する医院とその住居。私が借りるのは二階全部で、ソファーその他一切が揃った広いリビングルームとダイニングルーム、和室、ベッドルームがあり、全部そのまま使っていいという。その代わり、貸し主がアラスカから戻ったら即座に引き払うという約束である。ふたつ返事で借りて二年ほど住むこととなる。

急遽転勤した部署は株式部株式分析課で、一昔前の調査部のようなところである。「一昔前の」というのは、野村證券は昭和四〇年の証券不況の折、——山一證券が経営危機に陥った、——あえて野村総合研究所を設立し、総合証券として業界トップに躍進していくのだが、その野村総合研究所は調査部の発展したものである。したがって専門研究員はほとんど研究所に移っており、私の部署は研究所から出た情報から実戦に役立つものを選び出し、株式購入意欲を掻き立てるような企業情報を作成し、各支店に流す仕事である。上の方々は今でいう証券アナリストで切れ者であった。私は一年ほどその補佐のような仕事をした。

紙雛《かみびな》の女雛《めびな》は帯《おび》を胸高《むなだか》に　　伊那男

11 ニワトリより早起き

東京の株式分析課で先ず命ぜられたのは、前夜のニューヨークや欧州市場の取引情報を朝一番で支店に流すという仕事であった。

野村證券の始業時間は当時八時四十五分であったと思うが、もとよりそんな時間に出社する社員は一人もいない。七時くらいから本店にも支店にもぞくぞくと社員が出社してくるのである。七時半くらいまでに前日の海外市場の取引概要を流すので、私は七時前には野村総合研究所に入ったファクシミリを調べて手早くまとめる。そのため自宅を、毎朝六時前には出る日々であった。冬などは真っ暗闇で「ニワトリよりも早起きだ」と思ったものである。

一年ほどそんな仕事に従事したが、経済指標や企業業績の分析など、もともと私には無理なことであるし、会社も、もう一度営業で出直すための預り期間ということのようであり、同じ部の株式課へ異動となった。

ここは相場の立っている間、各支店からの売買注文を取引所につなぐ仕事である。六店舗ほどの電話を担当する。全支店はブロックごとに区分けされていて各ブロック、各支店ごとに競争する仕組みであるから、ただ注文を受ければいいというものではなく、常に全社あるいはブロック長の収益方針にのっとって、鼓舞しなくてはならないのである。隣の競合店から何十万株の買注文が出たとか、今日中にノルマを果たしてもらわないと担当常務が召集をかけると息巻いているとか、ともかく午前・午後の二時間ずつの取引時間だけでなく、その前後も発奮をうながすのである。
一週間のうち二日くらいは昼休みは担当常務の部屋に呼ばれて、情報交換や煽り立ての檄を受ける。ただしその時は決まったように日本橋「たいめいけん」のカツ弁当が出るのが嬉しかった。

またまた仕事の話が長くなってしまった。京都のことに話を戻そう。妻が京都の人であったので、休暇はよく京都に遊んだ。信州の実家にもよく帰ったが、正月は決まって京都であった。というのは私の父母はちょうど私が結婚した年から海外旅行の楽しさに目覚め、盆と正月の休みは必ず、海外のどこかに出ていたからである。京都の嵯峨の家は母と妻の妹、弟の三人家族なので、実に気楽であった。母は山ほどの食料品を用意して私たちを迎えてくれた。

十薬《じゅうやく》や一番風呂《いちばんぶろ》の声《こえ》かかる　伊那男

12 京を徘徊

京都の嵯峨の家での正月には、厚かましいことに私の兄も何回か参加した。独身の兄は正月などは行くところもないので、一緒に妻の実家に転がり込んで私と酒を飲んでいたのである。

湯豆腐が食べたいと言えば嵯峨は清涼寺の横、あの「森嘉」の豆腐を用意してくれる。鍋と言えば蟹が出る。すき焼が出る。うどんと言えば九条葱と油揚げ……いやはやなんとも幸せな正月を幾度も過ごさせてもらったものである。

結婚をしたあとはさすがに紅灯の巷を徘徊するということはなくなった。給料の中できちんと生活をするよう心を入れ替えたのである。というか、当然それしか選択肢はないのだ。

ただし何もしないわけにはいかない。何かをしていないと気の済まない私である。結果として始まったのが、なんとなんと、神社仏閣巡りであった。まさに宗旨替えともいえる変化である。結婚後の数年間の正月及び夏休みなどに廻ったところを思い出してみる。妻の実家を拠点にほぼ日帰りであったが、洛北雲母坂《きららざか》から歩いて比叡山へ登る／鳴滝から愛宕山へ登山／泉州百舌鳥古墳群／近江朝跡・崇福寺跡／横川《よかわ》から湖西西教寺への回峰の道／高野山参拝／近江湖東三山巡り／近江朽木から京大原までの鯖街道を歩く（一部バス）／近江八幡周辺／安土城、観音寺城跡／伏見稲荷山一巡／鞍馬から貴船……などなどずいぶん歩き回ったものである。

もちろん市中の神社仏閣を訪ね歩いたことはいうまでもない。二年ほどの京都勤務で土地勘はついていたが、その頃から京都の歴史本、文化本、料理本なども相当読み散らしたものである。ただ残念なことにまだ俳句には目覚めていない。

そのようにして京都はかなり身近な存在となった。食べものについても家庭を持ってからというもの、大きな変化があった。信州では煮干しくらいしか出し汁の材料はないが、妻は昆布と鰹節で丁寧な出し汁を取った。醤油は薄口である。雑煮は丸餅で白味噌仕立て。結局信州の出番はなく、その後子供たちも京都風の味に馴染み、それぞれが家庭を持ってからも雑煮は白味噌仕立てのようである。

そうそう、前述のように娘たち――長女、次女ともに出産は妻が里帰りして京都の産院であったので、戸籍には出生地は京都とあり、先ずは京の産湯に浸かったのである。

蓴菜《じゅんさい》の出初《でそ》めしといふ京便《きょうだよ》り　　伊那男

秀吉の都市計画

豊臣秀吉は土木工事が好きであった。伏見城、淀城、大坂城、方広寺、聚楽第、太閤堤……。さて京都の町割りが昔から同じかというと、実は施政者の意志や戦火で様々な変遷があった。特に大きく変化し現在の形になったのは秀吉の時代である。街路の変更、寺の移動など徹底的であった。また、「御土居《おどい》」という高さ数メートルの土塁で京都の町を囲み、城塞都市化した。江戸期以降消滅していったが北野天満宮などにその痕跡を実見できる。

第三章

激流へ

Ｉ——リース会社に転職

株式分析課から株式課へ異動した頃から転職を考えた。いずれまたどこかの支店の営業マンとして転勤することが目に見えてきたからである。

二十七歳の頃、長女が生まれる頃からはなおさらで、なんとか精神的に安定した仕事に就きたいと思った。日産火災海上保険に転職した一年先輩に相談すると「うちは当面中途採用はないけれどＡＩＵ損害保険が中途入社の定期採用に入るらしいよ」と、すでに転職していた同期の方を紹介してくれた。ＡＩＵ本社近くのパレスホテルでその先輩の話を聞いた。秋であった。「多分、年内に募集があると思う。人事部に話しておく。英語の試験があるので、ちょっと馴染んでおいた方がいい」とアドバイスしてくれた。そこでサイデンステッカーの訳した川端康成の『雪国』を読んだりした。そんなことが勉強になったとは思えないが……。

毎週末、新聞の募集広告を見ていたが、ＡＩＵの募集広告がないまま年が明けた。当時はまだ終身雇用制の根強かった時代である。一流企業と言われるところで中途採用を堂々とする企業はきわめて少なかった。

年が明けてからオリエント・リース株式会社の中途採用の広告が出た。現在のオリックスである。すでに東証一部上場をしている新興企業で、アメリカで仕組みのできた「リース」という新しい金融形態を日本に持ち込んだ会社である。ＡＩＵの募集もなさそうなので、オリエント・リースに応募してみた。会社は浜松町の世界貿易センタービルであった。筆記試験と、二度か三度の面接を経て合格した。合格者は六人であった。

あとから聞くと、当時、老舗の商社や繊維会社が倒産したり、整理されたりと激動期であったこともあり、応募者は八〇〇人を超えていたとのことであった。その中で金融業に欠かせない数学的能力が皆無で、英語も全くというほどできない私が受かったのはどう考えても奇跡である。落ちこぼれとはいえ野村證券で鍛えられたことや、生まれつきの面接の強さがあったせいかもしれない。

皮肉なことに、合格通知を受けて数日もしないうちにＡＩＵから中途採用の試験を行うとの連絡が入った。少し悩んだけれど、これも運命、合格通知を先にいただいた会社に行くのが筋だと思い、三月下旬に野村證券を退社し、四月からオリエント・リースへ出社した。

冬蝗日《ふゆいなごひ》の射《さ》す方《ほう》へ跳《と》びにけり　　伊那男

京都よもやまばなし⑧

冥界の入り口　六道珍皇寺

京の人は毎年盂蘭盆会の前に六道珍皇寺へ先祖の霊を迎えに行き、冥界まで響くという鐘を撞く。どういう仕組みかわからないが綱を引くと鐘が鳴るのである。そして精霊が乗った槙の枝を受けて帰る。これが「六道参」である。〈金輪《こんりん》際《ざい》割《わ》り込《こ》む婆《ばば》や迎鐘《むかえがね》　川端茅舎〉。この六道の辻から小野篁《たかむら》が毎夜閻魔庁へ通勤したという。幽明界の境であり、平安時代の火葬場である鳥辺野にも近い。京都でもっとも黄泉《よみ》に近い場所である。

ここにも怨霊が……

京の怨霊の第一は桓武天皇の同母弟の早良《さわら》親王。藤原種継暗殺事件に連座して、淡路島配流の途次、絶食死した。その後の親近者の死、悪疫の蔓延はその祟りと恐れられ、崇道天皇を諡号して祀った。第二は、菅原道真。藤原氏の中傷により大宰府に左遷され憤死した。やはり祟りを恐れ、北野天満宮に祀られた。大物二人を挙げたが、京は千年にわたる政争の中心地であっただけに無数の怨霊が潜んでいる。今も逢魔が時には用心した方がいい町である。

2 住宅ローン貸します

野村時代は七時半くらいには出社していたが、オリエント・リースは通勤時間が若干短い上に九時十五分始業であった。この時間差は大きく、ああっ！　こんな生活があるんだ、と感激したものだ。

私が配属されたのは東京営業部第四課といって、一般のリースではなく、不動産・船舶などの大口融資部門であった。課長、主任、平社員三人、女子事務員一人という構成であった。どうやら私が野村で株式分析課に在籍してした職歴から、企業分析ができるものと勝手に判断しての配属であったようだ。ところが私は企業分析などやったことがない。決算書さえほとんど見たこともなく、実は貸借対照表と損益計算書の意味さえ知らなかったのだ。しばらくして「君は決算書の分析をしたことがないのか？」と課長が驚いてまじまじと私の顔を見た。私を直接指導してくれた先輩は同じ長野県の出身なのに結構冷たい人で、数ヵ月後、課長が「伊藤君はどうかね？」と問うと、私の目の前で即座に「駄目ですね」ときっぱり答え、私はのけぞった。

遅々とではあったが、企業分析も覚え、宅地建物取引主任者試験にも合格した。だがその頃、不動産不況が深刻化しており、造船会社や船舶会社もいくつか倒産していく社会情勢の中にあり、この営業第四課は解体の運びとなった。替わりにプロジェクト営業課という、新しいビジネスを開発する部署を新設することになった。その責任者の課長が、私ともう一人の平社員の内からなぜか私を指名してくれて、プロジェクト営業課員となった。もう一人の同僚は新潟支店へ転勤して行ったが、これもまた運命の分かれ目であった。

プロジェクト営業課ではいろいろな新規事業の開拓に動いたが、しばらくすると会社が個人向住宅ローン事業に乗り出すことになった。その責任者となったのが私が就いた最初の課長で、彼が私を指名して今度は住宅事業部創設メンバーとなったのである。全く一から始める事業であったが、数ヶ月の期限を切って準備を進めた。男四人、急遽募集した女子社員三人ほどで新宿西口の新宿センタービル三十三階に五十坪のフロアを借りて、住宅ローン貸付業務を開始したのである。それが三十歳の頃であろうか。時はバブル経済に突入する直前の頃である。

朝寝《あさね》して世《よ》に出遅《でおく》れし思《おも》ひかな　伊那男

3 ― バブル経済の入口

オリエント・リースでの新しい仕事は私に向いていたようであった。

住宅ローンの貸付といってもその原資は銀行や生命保険会社から調達する金であるから銀行よりも貸付金利は高い。そうなると銀行が貸付を渋る、あるいは断ってきた劣悪な案件しか廻ってこないのである。または銀行の融資で不足する分を債権回収の優先度の低い抵当権で融資する。つまり、うま味のない割にリスクの高い融資案件しか廻ってこないことになる。

そこで私が主眼を置いたのは、高額所得者が節税や投資目的で購入するマンションへの貸付であった。たとえば北海道の医者が東京のマンション投資をしようと思っても、当時は行政指導もあり、また営業対象地域の問題もあり、地元の銀行はなかなか貸さない。仮に一つ目は大学へ進学する息子の住居だということにして融資を受けられても、二件目は説明がつかない。それをオリエント・リースが貸すのである。

東京のマンションは賃借人がすぐ付いたし、投資にかかわる借入金利は損金算入という経費処理ができ、減価償却もできて税金の繰延べ効果があったし、値上りもあったので、高額所得者は積極的に購入する気運があった。貸付ける側からも安心できる客先である。

銀行が貸さない隙間をうまく突いて、住宅事業部の貸付残高は急激に伸びた。特に私が開拓した投資用マンション融資部門の残高は突出しており、私は中途採用者としてはトップで課長になり、最終的には二十七名の部下を抱える、オリエント・リースで一番大きな課を率いる課長になっていたのである。

ついつい自慢話になってしまった……。私が仕事で最も輝いていた短い期間のことで、あとは自慢する材料もほとんどないので、まあ我慢して聞いていただきたい。

その頃の学生向け会社案内には私が腕組みをして東京副都心のビルを見上げている写真などが掲載された。海外の株主向けアニュアルレポートにも載っていた。緻密な頭脳はないけれど野村證券で培った行け行けドンドンの気合いで周囲を煙に巻いていたのである。野村證券では落ちこぼれであったのに。これが世の中の不思議なところである。のちに自分の能力を過信して、大口不動産融資の会社を旗揚げする危険な道に踏み出すことになるのだが……。

跳箱《とびばこ》の十《じゅう》を重《かさ》ねて夏旺《なつさか》ん　伊那男

4―俳句との縁

もともと文学部志望であり、就職先は文学に係わる新聞社か出版社、あるいは国語の先生が向いているだろう……などと漠然と思っていた私が、うっかり経済に係わる仕事に就いてしまったのであるから色々と無理がある。稼ぐことは嫌いではないが、金融関係は自分の能力を超える仕事だなと思うこともしばしばであった。結局証券会社は五年で挫折し、リース会社に就職したが、幸運にもいい仕事に恵まれ、順調な会社員生活に過信がでたのである。丁度十年務めた頃、日本はバブル経済の絶頂期に突入していた。調子に乗った私はヘッドハンティングの誘いに乗って、不動産担保金融会社の設立に参画していくのである。そのことは改めて語るが、その前に、俳句入門の経緯を話さなくてはならない。

さて私の三十歳前後といえば、仕事も安定し、子供も二人でき、家も持った頃である。サラリーマンとして何の不足もない状態であった。だが三十歳を前にして徐々に悩みが頭をもたげてきていた。仕事は大切だが、仕事だけでいいのだろうか？　一体自分は何をしたかったのか？　仕事とは別に自分を表現できるものは何であろうか？という問題である。

そんな折、取引先のフジテレビ関連の不動産仲介会社のOさんと親しくなった。用もないのに訪ねてきて社内句会報「枸杞《くこ》」を置いていく。「ともかく一度見にきて下さいよ」と口説くのだが、返事をしなかった。私はといえば、人よりもたくさん本を読んできたし中学校では新聞部、高校時代は文芸部、大学では三号で終わったが同人誌を作って、詩や小説めいたものに手を染めてきた。後述するが叔父がそこそこの俳人でもある。しかしよくよく思い返してみると、誘いに躊躇していた原因は、句会に出て自分に才能がないことが判明することが辛い、つまりプライドが傷つくことが怖かったのである。だが半年ほど勧誘されてフジテレビの社内句会に顔を出すことになった。

鳥渡《とりわた》る今《いま》も机《つくえ》に肥後《ひご》の守《かみ》　　伊那男

5　俳句を始めてみれば！

私が最初に句会というものに出たのは昭和五十七年五月下旬。句会場は、当時のフジテレビ本社ビルで、都営新宿線曙橋駅から市ヶ谷台へゆるい坂を五分ほど登っていく。その頃は入館チェックなどなく、スタジオのある長い廊下をいくつも回った一番奥に和室があった。句会の名称は「枸杞の会」といい、社内句会ではあるが、外部の参加も受け入れていた。

当日の句会にどのような方がいたかは不確かであるが、先生は皆川盤水という六十絡みの方で、当時三十三歳であった私からみると、老人の風体であった。隣にはいかにも謹厳実直な高木良多（元・「春耕」顧問）という方が控えていた。フジテレビの社員は、棚山波朗（現・「春耕」主宰）、池内けい吾（現・「春耕」同人会長）、柚口満（現・「春耕」事務局長）、荒井宙（ザ・ドリフターズの荒井注の従兄弟で、そっくりであった）などという、いずれも一家言ありそうな方々が中心であった。傍系会社の方や私のような外部の者が入れ替り立ち替り参加する、平均して十人くらいの句会であった。

ちょうど五月初旬に大阪出張があったので、新幹線の中で流れる風景を見ながら一所懸命に句を考えた。土地勘のある滋賀県を通過した折、田植の風景が目に入った。

遠方には比良山、比叡の山々がそびえている。

ふと浮かんだのが、

比良山《ひらさん》の勇姿写《ゆうしうつ》して田植《たうえ》かな

という句であった。比良山の裾野を通る湖西線に乗っているイメージでの創作である。当日、この句を含めて五句を出したはずだが、あとの句は覚えていない。その最初の句を皆川盤水先生が採ってくれた。

比良山《ひらさん》の姿写《すがたうつ》して田植《たうえ》かな

あれ、どこか違う。あとからの選評で先生は「勇姿ではなく姿だけでいいのだ」というのであった。私からすれば「勇姿」と詠んだところに磐石な比良山系の特徴を捉えているのだが……「姿」だけでは平凡ではないのかな、物足りなくないのかな……などと思ったものだ。のちのちここが俳句の勘所で、勇姿という主観は不必要であり、「姿」という事実だけを詠めばいいのだという、写生俳句の立脚点を具体的に指摘してくれたのだということを知るのだが、それに気づくのはまだまだ先のことである。

6―豚も褒めれば

当時は景気がよかったので、「枸杞の会」のような社内句会にも会社の補助金が出て、毎回タブロイド版四ページの句会報が作られており、俳句講話やエッセイが掲載されて、読み応えのあるものであった。句会のあとは近くの「なかむら」という居酒屋で打ち上げをするのが恒例であったが、ここの主人も俳句仲間であった。飲みながら盤水先生の問わず語りの俳論、俳壇情報を聞くのが私の楽しみであった。もっともしばらくの間は、その意味はほとんど理解できなかったが、新しい世界を覗き込むおもしろさがあった。

俳句を始めて一年くらいまでは、ひねりにひねって、こんな独創的な句はきっとないだろうと思いつつ出句するのだが、ことごとく黙殺された。たとえば夏蜜柑に当たる太陽の陰影を地球に重ねてみたりしたのだが、誰も採らないし、句評の対象にもならなかった。俳句は自分には向いてないのではないかと思った時期もある。句会当日、曙橋駅まで行って、喫茶店で句帖を見てやはり駄目だ！　と思って、結局句会に出ないですごすごと帰ってしまったこともあった。

数日後、幹事の池内けい吾さんから葉書が届いた。そこには、私が以前出した句をいくつか挙げて、発想がよかったよ、もう一歩だよ、などと書いてある。豚も褒めれば木に登るというけれど、こんな葉書をもらうと嬉しくなるし、希望も湧くというものだ。その後も池内さんからは何枚かの葉書をいただいた。もしそうした励ましがなかったらはたして俳句を続けていたかどうか……。

その後、人を指導する立場になったときにも常に思い出すのは、池内さんからいただいた励ましの葉書である。そっと背中を押してくれる人、見守ってくれる人が、初心者にとってどれほど大切な存在であることか。そういう温かな句会に参加できたのは僥倖であった。

句会に通い始めて半年ほどしてからであったか、「なかむら」での酒席の折、たまたま盤水先生の近くにいて、言葉を交わした中で、私の叔父に池上樵人という俳人がいると話すと、先生の顔色が少し変わったような気がした。叔父にはまだ俳句を始めたことを話していないと言うと、「うん、うん、しばらくは黙ってここで勉強しなさい」という答えが返ってきた。私が俳句をしていることはそれから一年後くらいであったか、母と叔父の四方山話の中から叔父に伝わったのであった。この叔父のことは章を改めて書くことにする。

ひきがへる跳《と》びて揃《そろ》はぬ後《うし》ろ足《あし》　　伊那男

7 ― 俳句開眼か?

俳句を始めて二年後の秋、山梨県竜王町(現・甲斐市)の土井玄由さんが住職を務める金玉山瑞良寺を訪ねる吟行会があった。盤水先生をお招きするとのことで、緊張して参加した。櫛形山を背にした田園地帯の中の庶民的な寺である。住職の土井さんは近くの本寺南明寺の出身で、教師をしていた頃、同僚の女性と駆け落ちして、東京で配達専門の本屋さんを営んでおり、フジテレビにも出入りしていたことから、「枸杞の会」に入会していた。しばらくしてこの瑞良寺の住職として帰郷したのである。

特筆すべきことは、この土井さんが、新宿の厚生年金会館で俳句講座の講師を捜していることを知り、棚山波朗さん経由で皆川盤水先生が講師になられたことである。上げ潮の時代背景と、先生の指導力があって、ここの生徒が大挙して「春耕」に入会し、俳誌は隔月発行から月刊誌となり、紙面が厚くなっていくのだが、そのきっかけの情報をもたらしたのが土井さんであった。

それはさておき、その小さな里寺に一泊二日の合宿をしたのである。その時の私の句は、

〈秋《あき》の蜂《はち》まぐはひてゐる墓《はか》の上《うえ》〉〈秋《あき》の蝶息《ちょういき》するたびに翅《はね》ひらく〉などで、ずいぶん点が入り、その他の句も含めて先生に採っていただき褒められた。私にとっては開眼

の吟行会という印象である。俳句はこのように作ればいいんだ、ちょっとわかったぞ……という感じであった。

見るべきものもない、里寺の狭い境内のこととて、蜂や蝶などの様子をよくよく見詰めるより他になかった。対象物を丁寧に無心に見る……ただそれだけなのだが、結局それが一番大切なことなのだということを知るのである。その日の先生の句は、

手焙《てあぶり》や櫛形山《くしがたやま》の風《かぜ》の音《おと》　　盤水

というもので、後年この境内に句碑が建立された。

その時の私の句を今振り返ってみると、俳句に「まぐはひ」などという言葉を使うことがよかったかどうかは別として、写生句のなかに少しだが独自の見解が入っているように思う。またちょっとあざといが「墓の上」としたところに、いやおうもない生と死の定めというようなものを重ねたのである。また二句目の死の近づいた秋の蝶は、羽を使ってようやく息をしているようにも見える、とやや強引に決めつけてみたのである。それらの部分に主観が入っている。私が後年得意とする一物仕立ての技法は期せずして、ここに始まっているように思われるのである。

8 ― この人が目標だ！

俳誌「春耕」は沢木欣一主宰の「風」の傍誌であり、主要同人はおおむね「風」にも所属していた。「枸杞の会」には、後々「春耕」を背負う方々がいたことは前に記したが、私が多くの刺激を受けたのは棚山波朗さんである。

棚山さんは私より十歳年上なので、私が入会した時は四十三歳か。高校時代に地元の新聞俳句欄に投句、その時の選者が沢木欣一だったという。その後中断期間があり、社会人になった後、再び作句を始め、沢木欣一の「風」に入会した。私が俳句を始めた頃「風」新人賞を受賞していてすでに俊英の一人であった。当時の「風」俳句のまさに申し子ともいえる作風で、見え透いた抒情など一切断ち切って堅牢、鉄壁な写生句で押し通し、全く型崩れをすることがなかった。

写生句は只事俳句と極めて近い距離にあり、報告に終わることが多い。だが報告にとどまらない写生句は何ともさわやかである。九割八、九分まで叙事で通し、残りの一、二分に自分の思いをこめる。その一振りの薬味にとどめた感情移入が肝要である。ところが初心者はその一振りの薬味に気付かず、理解できず、報告俳句、只事俳句として秀句を見逃してしまうのである。

この句会では波朗さんの句を必ずといっていいほど盤水先生が採り、褒めた。しばらくの間はどうしてもその良さがわからないのである。「あたりまえじゃないの、報告でしょう」という感想であった。俳句も詩である。思いの丈を吐露するものではないのか……というのが当時の私の思いであったのだ。あるときの句会で〈高稲架《たかはざ》に稲束《いなたば》を投《な》ぐ声発《こえはっ》し〉という句があり、採った。棚山さんの句であった。上五、中七と克明な叙述である。下五の「声発し」に発見があり、ここで詩に昇華するのである。「風」の唱える写生句はこれか……と初めて悟ったのはその時だった。

棚山さんは第一句集『之乎路《しおじ》』を出して俳人協会新人賞を受賞した。新人賞の対象は満五〇歳未満までに出版した句集である。棚山さんはその時、四十九歳ではなかったか。その受賞祝賀会は京王プラザホテルで開かれ、テレビ局の方なので、小川宏アナウンサーや女優の松島トモ子さんの顔もあった。その会場で「よし、私もこの賞が目標だな」と密かに心に決めた。およそ十年後の四十九歳で、私も第一句集を出版し、同じ新人賞を受賞することとなる。

麦酒《びーる》つぐ水平線《すいへいせん》の高《たか》さまで　　伊那男

京都よもやまばなし⑨

空海と最澄

四隻で出航した遣唐使船の内、空海と最澄が乗船していた二隻だけが中国大陸に漂着した。二人とも強運であり因縁も深い。空海は身体で仏教を会得するタイプで、頭脳で理解しようとする最澄を最後は認めなかった。高野山からは空海を越える存在は出ていない。比叡山からは法然、親鸞、道元、日蓮、空也……とたくさんの宗派を生み出した。この二人の性格の違いであろう。今、最澄は比叡山に、空海は東寺と高野山にその足跡を残す。

第四章
翻弄される日々

Ⅰ——金融会社を創業

世の中がバブル経済に突入していく昭和の終わり頃、いくつかの会社から転職の誘いがあった。当時のオリエント・リース（現オリックス）は業界トップを走っていたが、銀行、商社直系の後発会社の方が給与水準は高く、若干の不満があった。それに加えて、会社の成りたちからして、経営陣にはアメリカの金融形態をいち早く日本へ導入することが経営の使命という理念があった。そのため、旧態依然とした日本の不動産取引形態や投資利回りの極端な低さは、アメリカ的思考では理解しがたいものがあったようである。

一番稼いでいるにもかかわらず、われわれの不動産融資部門への評価は低く、経営陣の見る目は半信半疑で、少しの失敗に対しても他より厳しい処分があった。

あれこれ不満が重なっていた三十九歳の時であったか、入社して一番最初に仕えた課長（当時部長に昇格していた）から、新会社設立への参加の誘いがあった。新会社は東京の不動産会社が親会社となり、四〇〇億円の資金提供を受ける確約を得ているという。

私には営業統括取締役、年俸は現在の二倍、という好条件の提示であった。すでに参加を表明している仲間は、私がプロジェクト営業課に異動した時の直属課長の他、私の同年代で各部署をトップで走っている優秀な面々であった。これならいけると判断して、参加を応諾した。

某日、某ホテルの一室に、参加者十名ほどが集合し、顔合わせと意思確認を行った。その折、約束した年俸と同額の現金が支度金として目の前に積まれて、各々持ち帰った。

新会社には中央区日本橋本町一丁目一番地の親会社所有の小さなビルが用意されていた。我々ももちろん株主になったが、某信託銀行、某都市銀行からも資本金が入り、各々から常務取締役一名を迎え入れた。支援体制の証である。業務内容は大口不動産融資、株式担保融資、海外プロジェクト融資が柱で、スタート時点から需要は多く、すさまじい勢いで融資は拡大した。

まさにバブル経済の真っ只中である。三年ほどの間に社員は五十名近くになり、融資残高も四千億円を突破していた。店頭上場の準備もしていて、三回目の公募増資の時には額面五万円の株式を六十万円で大手銀行が買っていった。株主である私の資産は十二倍に上がっていた。……結果はとらぬ狸の皮算用であったのだが。

立春《りっしゅん》大吉《だいきち》和毛《にこげ》散《ち》らせて雀《すずめ》立《た》つ　伊那男

2　バブル崩壊

新会社では接待などで酒席も多かったが、貸付業務はきわめて多忙で毎晩遅くまで働いた。親会社の紹介で神田淡路町に約一〇〇坪の土地を買い、大手建設会社施工で本社ビル建設に入った。建設期間は八か月くらいを要したのだが、実はその間に相次ぐ融資規制が発動されていた。最先端にいる私たちは、市況がピークを打ったのではないか、いやいやそんなに簡単に崩れたら日本経済は崩壊だよ——などと疑心暗鬼の中にあった。東京の地価でアメリカ全土が買えるなどという高慢な話まで囁かれていたのは、たかだか一年前のことである。

竣工した新社屋に入居するにはためらいがあったが、止めたら内外から信用状態を疑われる。そんな状況の中での引っ越しであった。取引銀行を招いて竣工パーティーを開いたが、私は紅白の幕の陰で貸付先への利息支払いの督促をしていたのである。

一瞬にして下落したわけではないが、その後のバブル崩壊の実例を二つほど紹介してみる。

一、　中央区の土地は融資金は一一〇億円であったが、競売による落札価格は九億七千万円、つまり下落率は九十一パーセント。

二、　港区の超高級マンションは発売価格が専有坪単価二八〇〇万円であったが、競売による最低売買価格は坪単価一二五万、発売価格の四・五パーセントである。さすがにこれは低すぎたので、入札価格は二五〇万、発売価格の八・九パーセントで落札された。

右のように想像を超えた絶句するしかない惨状であった。わが社の融資金は親会社が用意した四〇〇億円の他は、約四千億円が銀行からの借入れである。担保は貸付債権である。銀行はわれわれのようなノンバンクといわれた金融会社を介在して融資することで、直接のリスクを回避し、また、大蔵省の融資先規制の迂回を狙ったのだが、この劇的な価格下落には打つ手がない。不動産購入会社↓わが社↓銀行、とあたかも食物連鎖のように、不良債権は飛び火していく。われわれの業界への融資が多かった日本興業銀行、日本長期信用銀行、日本債権信用銀行などの老舗銀行が、いち早く経営危機に陥っていくのである。私たちはバブル劇場の大舞台で端役を演じていたということになろうか。さて、実質的に機能を失ったわが社がすぐに倒産するかというと……しないのである。

秋風《あきかぜ》を聴《き》くといふより見《み》てゐたる　　伊那男

京の酒船石

京都に酒船石があると言ったらほとんどの人が耳を疑う。実は明日香の「岡の酒船石」の下の樋の部分が、南禅寺界隈の野村別邸「碧雲荘」の庭園にある。七世紀の斉明天皇の時代の石造物で、酒を造ったとか、油を搾ったとか、いやいやヒンドゥー教の儀式に使われるものだとか……議論がつきない。ともかく大正五年に飛鳥川べりの水田で発見された「出水の酒船石」は財閥の資力と美意識によって、京都の庭園に運ばれたのであった。

蛤御門

幕末、幕府方連合軍と長州藩が激突した「禁門の変」は、またの名を「蛤御門の変」とも呼ばれる。開かずの門であったが、江戸期の大火の折、町民を避難させるために解放されたことで、「焼けて口を開ける蛤」にたとえたという。それ以前は「新在家門」と呼ばれ、明智光秀が本能寺の変を起こす直前、愛宕山で連歌を巻いた折の宗匠里村紹巴など連歌師の住む町であった。その町は大火の後消滅したが、連歌特有の「蚕《かいこ》」「帘《さかばやし》」「鵆《ちどり》」……など「新在家文字」として名を残した。

3 腸 大変

バブル崩壊の中で機能を失ったわが社であったが、そう簡単には倒産しなかった。銀行の大口融資を受けているので、わが社が倒産すると銀行は即座に欠損処理を計上しなくてはならず、不良債権の実態と赤字が表面化する。すると信用不安が起こり預金解約が殺到する、融資をめぐって株主代表訴訟が提訴される、つまり銀行そのものが倒産しかねない状況に追い込まれるのである。

そこでわが社を健全融資先と無理やりにみなし、利息支払いについての繰延べ処理などで表面を取り繕うしか方法はないのである。われわれは実質倒産状態の中で、細々と融資物件の売却処理を進め、回収金を各銀行へ配分する。銀行は時間稼ぎをしてその間に対策を考える。そんな状態が何年か続くのであった。

そうした中で、四十三歳の頃であったか、大腸癌であることが発覚した。その頃は「俳句研究」誌で俳句に関連する新聞記事の紹介コーナーを担当していた。ある休日に近所の図書館で新聞をめくっていた。体調不良でトイレに入ると、おびただしい下血があった。図書館にいることでもあり、すぐに書棚の医学書を調べてみて、たぶん容易ならざる状態であることを知った。数年前の健康診断で便の潜血反応があり、再検査といわれたが、検査前日にレアのビフテキを食べたからだ、などと勝手に解釈して放置していたことがある。翌年は潜血反応の指摘がなく、やはりビフテキのせいだ、と安心していたのである。ただしその頃から寝るときに最初は仰向けになっても次第にうつぶせになり、片足で腹部を守るような姿勢になっていたことを思い出す。そうそう、食べたばかりの昼食を突然嘔吐したこともあった……。とっくにサインは出ていたのである。

会社近くの診療所でバリウムを飲みレントゲンを撮った。結果の出るという日に二日ほど遅れて行くと、医者から「なぜすぐ来ないんだ！」と一喝された。しかるべき病院で精密検査を受けるように、と言い渡された。多摩センターで耳鼻咽喉科を開業している兄に相談すると、近くの東京海上多摩診療所に内視鏡検査の達人がいるから、と手配してくれた。カラーの画像を見ながらの検査で、S状結腸部にかなり大きな癌があることを指摘された。帰りの電車の中で、ああ私はもうこの人たちとは違う世界に入ってしまったのだな、と絶望的な気持ちで車内を見渡したものである。

しゃぼん玉《だま》黄泉路《よみじ》へ迷《まよ》ひ込《こ》むものも　　伊那男

4 国立がんセンターへ

病が発覚したちょうど一週間後に姉の長女、私にとっては姪の結婚式が松本市で予定されていた。この状態で出席は……と躊躇したが、私の父母も来ることであるし、出ないわけにはいかない。私の癌は妻と兄夫婦しか知らないのである。

結婚式は新郎側の出席者が多く、新婦側は親戚が中心で少ないという。そのため親戚の中から誰かが主賓の挨拶をしなくてはならないという。そうなると私の父ということになるのだが、父は人前で喋ることができない性格であり絶対に受けない。では兄ということになるのだが、兄もまたそうしたことが大嫌いで、スピーチをしろというのならどんなに親しい人の結婚式であろうと出ない。兄が私に「頼みがある。苦しみついでにスピーチをしてくれ」というのである。やむなく私が喋ることになった。披露宴では新郎側が信州大学医学部教授、次が私、そのあと元国務大臣の国会議員宮下創平氏というまことに奇妙な順番であった。

兄の妻（義姉）によると、兄は私の癌を知ってから、ひどく落ち込んで食欲も落ちているという。ずい分心配してくれたのである。それでもなお、重症の私にスピーチをさせるのであるから変わった人である。

その後、さらに丸の内の東京海上ビルの診療所での検査も受け、築地の国立がんセンターの大腸癌手術の権威森谷先生を紹介された。先生はその時オランダに出張中とのことで、戻り次第連絡が入ることになった。

十日ほどして入院した。三月下旬のことであった。手術は開腹して大腸を取り出し、患部を三十センチメートルほど筒切りに切除し、継ぐというもので、言ってみれば単純な土管の工事のようなものである。病巣は大きかったものの、周りのリンパ節を取って確認したところ転移はなさそうだということで抗がん剤は使われなかった。

二週間ほどの入院であった。回診に来た森谷先生が私のテーブルの上の俳句雑誌を見て、「おお君も俳句をやっているのか、このところ高濱虛子の孫とかいう女性の俳句の先生を二人手術したよ」などと言っていた。

退院後一月ほど自宅でのんびりと休養した。いずれ会社を閉じることになるので、そのあと何をしたらいいのか、などということも頭を過ぎったが、一度死んだと思えば何でもできる！　と開き直る気持ちにもなった。

死《し》に場所《ばしょ》を問《と》はれ小春《こはる》の縁側《えんがわ》と　　伊那男

5—俳句に熱中

山梨県に下部温泉という信玄の隠し湯がある。手術のあとに効果があり、石原裕次郎も行ったというので、三日ほど滞在した。地下の岩盤の中の冷泉で、入っていると身体にソーダ水のような泡がつく。混浴で女性が堂々と入ってくる。こっそり身体を丸めて隠れるようにしているのだが、ちゃんと見ている女性がいて「兄さん、お腹に大きな傷があるね」などという。

退院後の食事は根菜類をやわらかく煮たものを中心にして、それまでとは一転して規則正しい食生活に入った。これほど平穏な生活をしたことは、これ以前にもこれ以降にもない。酒を飲んだのは、その後半年ほどしてからで、秋も半ば、日野の友人の家に招かれてビールをグラスに一杯だけ飲んだ。その後まったく残念なことだが、私の回復を祈ってくれたその友人は、直後に膵臓癌を発症し、半年後に亡くなってしまった。私の方は、手術の前には二人の子供に遺書を書いたりもしたが、その後、転移も後遺症もなく、幸運にも軽度で落着したのであった。

俳句に話を戻す。病気になるよりも前、四十歳の時であったか「春耕」が創立二十五周年を迎え、特別記念賞二十句の募集があった。一つ挑戦してみようと決心し、奈良を舞台に詠んでみようと思った。実は京都や滋賀の方が詳しいのだが、特に京都という土地は俳句を作るのが難しい。というのは一つの土地に千年の歴史が錯綜しているからである。つまり一つの路地や寺を訪ねても、平清盛が出てきたかと思うと、同じ路地から新撰組も出てくるという具合で、焦点が絞れない。それだけ重層的な歴史を持っているためにまだまだ私には歯が立たない土地なのである。そうした意味では奈良の歴史の方がわかり易く一点に集中できるのである。

金曜日の夜行バスに乗ると土曜の早朝に奈良に着く。その時は牡丹の咲く長谷寺を中心にまわり、夜は奈良公園を歩いた。この一泊二日の吟行でまとめた二十句で「春耕賞」を受賞した。

そのあとすぐに盤水先生が「山火」主宰で、超結社句会「塔の会」座長の岡田日郎氏に声を掛け、というよりたぶんゴリ押しをして私を塔の会々員に推薦してくれたのである。この年一緒に推薦を受けたのは、鈴木太郎（「杉」・現「雲取」主宰）、鈴木しげを（「鶴」・現主宰）、遠藤若狭男（「狩」・現「若狭」主宰）、能村研三（「沖」・現主宰）の各氏であった。

朱雀門《すざくもん》出《い》で天平《てんぴょう》の青《あお》き踏《ふ》む　　伊那男

島原　角屋

与謝蕪村の忌日は陰暦十二月二十五日。それにちなんで角屋で蕪村忌句会がある。過日呼んでいただき、初めて角屋に「登楼」した。島原は幕命により市中からここに移ったが、その慌ただしさが、「島原の乱」のようだというのでその名が残った。他の郭と違って売色の町ではなく、文化サロンに徹したところが特色である。句会当日は寒く、雪が舞っていたが、角屋の第十五代当主中川清生氏は外套も着ないで門の外に立ち続けて迎えて下さったのが印象深い。

6 ―「塔の会」

「塔の会」の初めての句会日は、句会を行わず、俳人協会理事長の草間時彦氏から訓話があった。当時の顔ぶれについては岡田日郎氏の記録が残っている。斎藤夏風、有馬朗人、轡田進、大嶽青児、根岸善雄、大井戸辿、池田秀水、今井杏太郎、木内彰志、杉良介、棚山波朗、中戸川朝人、畠山譲二、村田脩、岡田日郎、そして新入会員の私たちであった。いずれも総合誌などで活躍中の俳人が揃っていた。

「塔の会」は昭和四十三年、草間時彦、岸田稚魚、加畑吉男、鷹羽狩行が仕掛人で発足したもので、会場の東京郵便貯金会館から東京タワーが見えたことからその名がついたという。当時のメンバーには星野麥丘人、原裕、上田五千石、松崎鉄之介、清崎敏郎、成瀬櫻桃子、磯貝碧蹄館、能村登四郎、林翔、松本旭……などの名前が見られる。前述したが、私の叔父・池上樵人も途中から参加していた。

句会は六時半が投句締切りである。当時私は日本橋が勤務地で、仕事が終わってから飛び出すのだが、六時に滑り込むのがやっと。黒板に書かれている席題で十句出す。その三十分間は全身全霊を傾ける緊張の一時であった。濃厚で真摯な空気が漂っていて、この空気を味わうのが一番の勉強であった。時々参加される有馬朗人氏（当時東大総長）の電子辞書がピコピコ音を立てるのが気になるくらい静かな、張り詰めた時間であった。年に一度総会と称して一泊吟行会があり、五年に一度合同句集を出版した。

時を経て私が句集『銀漢』で俳人協会新人賞を受賞した時、座長の岡田日郎氏が我がことのように喜んでくださった。「盤水翁から伊那男を入れろ、とねじ込まれた時は正直困ったよ。誰も知らないんだから……。賞を取ってくれて本当に嬉しい」と当時のことを明かしてくれた。恩師に感謝するばかりである。

さて、仕事の方では、会社は銀行の指示もあり、ぐずぐずと回収業務を続けていた。最初の社長は経営の失敗で親会社の不興を買って辞職し、S専務が社長となっていた。その頃、国は不良債権処理を目的に整理回収機構を設立し、中坊公平社長が辣腕をふるい喝采を博していた。我々の債権も銀行から整理回収機構に移っている分があり、厳しい追及を受けるようになっていく。

星々《ほしぼし》を諸手《もろて》に掬《すく》ひ冬《ふゆ》あたたか　　伊那男

嵯峨　落柿舎

高濱虚子に〈凡《およ》そ天下《てんか》に去来程《きょらいほど》の小《ちい》さき墓《はか》に参《まい》りけり〉という字余りの句がある。向井去来の別宅、嵯峨野落柿舎の裏にその墓はある。が、去来の本当の墓は黒谷真如堂にあり、嵯峨野は遺髪を納めた「詣で塚」である。蕪村の選んだ芭蕉十哲の一人である去来は、京の儒医の出だが、武道も会得していて〈あき風《かぜ》やしらきの弓《ゆみ》に弦《つる》はらん〉〈元日《がんじつ》や家《いえ》に譲《ゆず》りの太刀佩《たちは》かん〉などの句がある。芭蕉は元禄四年初夏の二か月ほどをここで過した。

与謝蕪村の足跡

四条通りの二つ下、仏光寺通りを西に入った商家の前に与謝蕪村終焉地の碑がある。この界隈の路地で蕪村は晩年を過ごした。蕪村の母は与謝郡の出身といわれている。蕪村は摂津国で育ち、江戸の生活のあと、十年ほど北関東を流寓。後半の三十年を京都を舞台に絵と俳句を残した。「夜色楼台図」（国宝）という京の町の雪景色を描いた墨絵がある。雪を描いてこれほど暖かな風景画が他にあるだろうか……と思う。墓は洛北一乗寺の金福寺にある。

7 疑心暗鬼

私たちが立ち上げた会社は、経営不振に陥った当初手持ち現金が三十数億円あった。少額融資をしている銀行はわが社が倒産してもかまわないので、その金を全額返済に廻せと迫ることは明白であった。それを避けるため株主会社や大口債権者の意向で二重帳簿を作っていた。決算時にその現金を未収利息などの項目に振り替えて現金がないように見せかけた決算書を作る。そのことを繰り返して何年も経っていたのである。もちろん税務申告の決算書は正確なのだが、債権者の見る決算書には現金がない虚偽表示である。

そうした状態のなかで社長を引き受けたS氏は次第に神経衰弱に陥っていくのであった。「毎朝私のあとをつけてくる者がいるんだよ……」などと怯えた顔になることもあり、これは無理だということで、今度は常務が社長になった。しかしこの方も「もしこの隠し金の件が露見したら私は刑務所に入ることになる。責任が重すぎる。関西で仕事をみつけたので社長を降りたい」と言い出した。それぞれの生活があるので無理もないことである。

そうなると順番は取締役の私に回ってくるのである。結局私が四代目の社長に就任せざるを得なくなった。その頃には銀行の不良債権は二束三文で海外の金融会社――

いわゆるハゲタカファンド――へ売り渡され、さらに転売されて債権者がどこの誰やらわからないような状態になってきていた。銀行は不良債権を処理し、膿を出して再生の道を探り始めていたのである。

それまでは回収した金額は、どの貸付先からどのように回収した金であるかという明細書をつけて、債権者に比例配分していた。社長になった私は、一種の賭けであったが、試しにこの明細書を付けないまま三億円を配分してみた。しばらく息を潜めて反応を待ったのだがどこからも回収先の説明を求める問合せは来なかった。これなら何回かに分けて三十億円を分配してしまえば静かに会社を終わらせることができる。

ところが、確証を得ているわけではないが、社内に悪知恵を働かせる者が出てきたのである。ややこしい話だが、たとえばわが社の百億円の債権を二束三文の百万円で手に入れたとする。表面的にはほとんど資産価値のない会社なので百万円でも高いのである。だが、解散すれば三十億円を分配することになるので、一億円くらいの配当が入ることになる。またこの債権をもとに貸金返還訴訟という裁判を起こし、判決を取れば、すぐに差押えをして三十億円全部を手に入れることも可能になる。そこに目をつけた者がいたようなのである。

鱈《たら》割《さ》きて貪婪《どんらん》の腹《はら》さらけだす　伊那男

8─ついに破産申請

ある時、もはやコピーを取る用事などほとんどない会社なのに、二ヶ月続いて二千枚ほどのコピーを取った形跡が判明した。つまり社内の貸付情報その他が流出しているのである。それは社内のある者が、自分と親しい者、もっと言えば山分けできる相手に、我が社の債権を買わせ始めたという意味になる。案の定、得体の知れない者から貸金返還訴訟が提訴されたのであった。

もはやこれまでである。三十億円の金はそんな輩に渡すわけにはいかない。全債権者に平等に分配して会社を終了させるより他の選択肢はない。密かに親しい部長と二人で自己破産申請の準備に入った。ただし回収を進めたとはいえ、まだ三千億円ほどの債権債務の残っている会社である。破産申請書類を作るだけでも大変な作業である。毎晩皆を帰したあと、弁護士事務所に通い書類作成作業を行った。誰かにつけられてはいないか、と回り道をしたりもした。

裁判所には根回しをして、自己破産申請と同時に受理、即時に破産管財人決定という段取りを組んだ。貸金返還訴訟の判決の出る数日前のことであった。その申請前日緊急に役員会を招集し、明朝に自己破産申請を行うことについての承認を求めた。その中にいろいろ画策した者がいたかも知れないが、まさか反対する理由もなく、全員

「異議なし」で可決した。なにが起こるかわからないのでその夜は家に帰らずにホテルに泊まった。申請受理とともに私は失業者になるのであり、複雑な一夜であった。

翌日、予定通り自己破産申請は即座に受理された。別室には破産管財人の面々が待機していた。海外への融資なども多岐にわたっていたので、各々の得意分野を持つ六人ほどの弁護士と公認会計士などで構成されていた。代表管財人はTという女傑弁護士で、あとから調べると会社整理のプロ中のプロで、杉並区の超高額所得者リストにも載っていた。たえず煙草をふかしていて眼光も言葉も鋭かった。「さあ、一緒に会社へ行きましょう」ということでタクシー三台に分乗して人形町の事務所に乗りつけた。そこには、少しずつ転職先を決めて去っていったものの、まだ十数名の社員が残っていた。T弁護士は「皆さん、そのまま。引出しを開けてはいけません。破産申請が受理されましたから、このあとの行動はすべて私の指示に従ってください」と宣告した。

吊《つる》し柿《がき》一夜《いちや》に冷《ひ》えし関《せき》ヶ原《はら》　　伊那男

9―お寺の草むしり

破産管財人は様々な指示を出したあと、「伊藤社長は今日まで。ただし当面事情聴取に協力してもらうから、しばらくは毎日出てください」とのことで帰宅を促された。翌日出社すると、T弁護士は「昨日、皆さんから聞き取り調査をしたら、あなたは社員から嫌われていないようだし、貸付案件の内容にも詳しいようだから、会社に残ってください。給料は○○だけどいいわね！」と有無を言わせない態度であった。

それから一年近くの間、債権整理の日々が続いた。最後に私と破産申請を行った部長の二人が残った。最終的な未処理債権は一般入札にかけて、米国のファンドによる落札で終わった。結局倒産事件としては負債総額三三〇〇億円、その年の七番目の倒産事件と報道された。落着はしたが、金融機関や関係各社には大変なご迷惑をおかけしたのである。

私は失業者となった。当然ながら退職金もないし、失業手当もない。大型倒産事件の社長であったから、再就職といっても簡単ではない。金融知識は多少あるといっても同業者は当然採用をためらうであろう。それに金融業はもともと好きではなかったし、本当は向いていないだろうとずっと思い続けて生きてきたのである。

そんな私を見て、以前高野山に同行した友人が、「しばらく寺に通ってみますか」

と言う。仕事としてではなく、気持ちを落ちつけるための勧めであった。私も仏教に興味があり、四十歳の頃から日曜日の朝は近くの天台宗の寺の勤行に顔を出していた。不動経、観音経、般若心経などを唱えていたのである。紹介された寺は浄土宗で、住職はもともとサラリーマンであったが、発心して親戚の寺を継いだ情熱の人であった。

寺は地の利、時の利を生かしてバブル期に墓地分譲で資金を得て、寺の地続きに一種の道場兼難民救済施設のような別院を造り、精神的、経済的に迷っている人を受け入れて、更生させる仕事などをしていた。その寺は私の住んでいた井の頭線の沿線にあり、自転車でも行ける距離であった。朝六時前に本堂に入り、三十分ほど読経する。そのあと徹底的に寺の清掃をする。晴れていれば墓地の草むしりをするのだが、墓地は広大で、一通り終わると、初めの墓地にもう草が伸びている。ざっと十時頃まで働き、朝食をいただいて帰る。時には経典の勉強会もある。そんな生活を半年ほど続けていたであろうか。

妻は一向に仕事を探す様子もない私にしびれを切らしていた。「あなた、見ず知らずの人のお墓の草むしりをするよりも、自分の家の草むしりをするのが先じゃないかしら」。

菊人形雑兵《きくにんぎょうぞうひょう》は葉《は》の目立《めだ》ちけり　　伊那男

京都よもやまばなし⑬

お風呂屋さんと蓴《じゅん》菜《さい》

京都にいた頃、女子社員に「今度食事に行こう」などと声をかけたものの、結局果たさず、「あんたはお風呂屋さんや」などと言われた。その心は「言《ゆ》うばっかり」（湯うばっかり）であった。のらりくらりとはっきりしない男のことを「蓴菜《じゅんさい》のようなお人や」などと言う。洛北、深《み》泥《どろ》ケ《が》池《いけ》の特産である蓴菜は寒天状の粘液に包まれたスイレン科の水草の芽で、京都では初夏、酢の物や椀種として珍重される。箸で挟み難いので先ほどのたとえとなるのである。

第五章

血筋は争えない

I　おじいさんの道中日記

またまた脇道へ逸れる。

私の父が育ったのは信州伊那谷に流れる天竜川の東岸、伊那市東春近田原。近時、『井月《せいげつ》句集』（復本一郎編）が岩波文庫にも入り、私も『漂泊の俳人　井上井月』（角川学芸出版）を書き下ろしたが、その俳人井上井月が徘徊していたエリアである。

私の祖父は織物と養蚕を生業にしていたようだ。その家は教師となった父の弟が継いだが、その叔父が蔵の中から祖父の手書きの「讃岐国象頭山金比羅参詣道中日記」を捜し出した。祖父は明治八年の生まれで、その日記は明治二十九年三月に書かれているので、二十一歳の折の記録である。井上井月が死んで十年足らずのことである。熱田神宮、伊勢神宮も辿っているので、村人が金を積み立てた代参であったのかもしれないが、その記載はない。その日記のなかに俳句と短歌がある。

追風に任せて舟の心地よきかな
春雨にしつぽり濡るる旅の人

千早振る神の利益を思ふかな目出度今日の旅になるらん

四海波も静かになれる心にて雲井の方へ差してこそ行く
千早振る神の鳥居をくぐり抜け萬の罪を消えらせにけり

俳句は字余りも多く、どうにも平凡である。常套的とはいえ短歌の方が形になっているように思う。ただしよく解釈すれば、二十一歳の鄙の地の青年の俳句と短歌である。ごく普通の若者がこういうたしなみを持っていたというのは、多分江戸時代から培ってきた日本の教育の賜物ではないだろうか。だからこそ日本の文明開化は驚くほど早く進んだのではないか、と思うのである。

さて、その旅では舟で天竜川を南下して、浜松から、東海道線で名古屋へ出る。熱田神宮を参詣したあと汽船で伊勢神宮を参拝。参宮鉄道を使って京都に出て諸寺を参詣。大阪市内見物後、汽船にて讃岐の多度津港へ上陸。金刀比羅神社参詣。大阪へ戻り、大阪鉄道で奈良へ向かい市内を見物。再び京都へ戻り、東海道線にて岐阜に出て、中仙道を使い帰路についている。十七、八日間の旅であったようだ。

抜参《ぬけまい》りこたびは桜追《さくらお》うてきし　伊那男

高瀬川

京都の町中で小便を催すと、すかさず肥桶が出てその尿と野菜と交換する、女性も桶に立小便をする、という記述が『東海道中膝栗毛』にある。それほど京は肥やし用の小便を求めた。森鷗外に『高瀬舟』という悲しい物語があるが、高瀬川は江戸初期、角倉了以が開削した運河で、御穢舟のルートなのである。今は京都の歓楽街の紅燈を映す風情のある川となっているが……。

2　おじいさんは遊び人？

祖父の道中日記の中の京都に関する記載を引いてみる。

三月七日　晴

前四時二十五分宮川出発。参宮鉄道神戸行汽車ニテ京都迄弐円拾弐銭……阿漕　太陽ヲ拝ス海ヨリ上ル　富士見ユル……亀山ニテ関西ト乗替ル　関　此辺迄雪深シ……草津　乗替　馬場大津　大谷　此間ニ半里程ノトンネルアリ　トンネル暗進行客涙出明クシテ四面機関ノ音　山科　コノステンシヨン工事中　十一時　京都着（以後　東本願寺　三十三間堂　智積院　清水寺　八坂塔　知恩院ナドヲ見物）……七条通リ上ル清水屋ニ一宿ス　料金四拾銭　午后六時夕飯ヲ喫シテ遊郭ヲ見ニ行ク　サテ　諏訪松本ト違ヒ面白ヒ　呼方　チョットチョットチョットチョット旦那　チョットチョット……代金〇〇

と、ちゃっかり京都の遊郭に登楼しているようなのである。「諏訪松本と違い面白い」などという記述を見ると、この爺さん、若い頃からあちこち遊び歩いている雰囲気でもある。大阪でも、道頓堀で歌舞伎・狂言を見物。

〈大阪市ノ女郎屋ハ戸数凡ソ百軒モアリテ、京トハ又違ヒマス〉などと急に口語調に変わるのもおかしい。続けてまた〈諏訪松本ナゾトハ大ヒニ違ヒマス〉と、念を押して、すっかり旅を楽しんでいる。なんという爺さまか！
ただし全体は真面目な記述で特に阿波国ではわざわざ藍の生産地を訪ね「植付テ以テ耕運スル時分ニハ昼夜ヲ通シテ眠ル事ナクシテ水ヲ廻シテ其苦辛ハ実ニ筆紙ニ尽スコト不能ナリ」と織物関係の仕事に絡む調査の記述もある。

さて、私の父はその祖父の長男として大正四年に生まれているのだが、指折り数えてみると祖父四十歳の時の第一子である。これは当時のこととしてはきわめて遅いのではないか。そこで思い出すのは、よく解らない親戚のことである。その家は当時、高遠町で医者を開業していた。

後《のち》の月《つき》故郷《こきょう》に借《か》りる父《ちち》の帯《おび》　伊那男

京都よもやまばなし⑮

『金閣寺』と『五番町夕霧楼』

三島由紀夫に『金閣寺』があり、水上勉に『五番町夕霧楼』がある。いずれも昭和二十五年の金閣寺放火事件を題材にして話題を攫った小説である。創作姿勢の全く異なる作家の作品であるが、どちらが好きかと聞かれたら私は水上勉の方である。水上は相国寺塔頭で小僧を務めたこともあり、地方から出てきた者の孤独感や悲しみを知っており、当時の生活の実感がよく伝わってくる。西陣の職人たちで賑わった遊郭が舞台である。金閣寺が再建されたのは八年後の昭和三十三年のことである。

3 医の道を志した父

高遠の親戚の家長は女医さんで、三峰川に架かる吊り橋の横に開業していた。私が保育園か小学校に入りたての頃であったか、その女医さんの次男の結婚式があり、その家の広間で、私が三三九度の酒をつぐ役をしたことをぼんやりと覚えている。

その後その一家は現・伊那市と駒ケ根市の中央に位置する宮田村に移った。宮田村には神輿を神社の石段の上から落として毀してしまうという奇妙な祭があり、その祭の日には我が家はその家に呼ばれて御馳走になる慣わしがあった。長男は関西で生命保険会社へ勤める医師となり、次男が後を継いでいて私の家より羽振りのいい開業医であった。親しいつき合いがあるのだが、両親から何の説明もないので、私には姻戚関係は不明であった。

あとからわかってきたのは、どうやら祖父は若い頃、群馬県桐生に織物の勉強に行っていたらしい。そこで知り合った（?）女性がいて、男子が生まれ、どういう経緯か不明だが、今の千葉大学医学部の前身を出て医者になったらしい。その妻になったのが同窓の女医さんということのようである。つまり父には異母兄がいたのである。私が子供の頃にはその異母兄は亡くなっていて、私は女医さんしか知らない。零細な養蚕農家の子である私の父がなぜ医者になったのか、ずっとわからずにいたのだが、その異母兄に触発されて志したのではないかと思うのである。

この祖父は昭和三十九年に九十歳で死んだが、八十歳の記念に下駄履きで富士山に登ったという伝説を残している。なかなかの爺さんであった。

私の父はかなり勉強はできたようだが、家が貧乏であったため、旧制高校に進むことができず、東京医専を出た。戦争中は軍医として従軍、戦後しばらくは飯田橋にあった東京警察病院などに勤めたようだが、その後、母の実家のある駒ヶ根市に耳鼻咽喉科医院を開業した。私の生まれ育ったその医院兼居宅は母方の親戚、芦部家の敷地の一部を割譲してもらったものである。

芦部家はもともと地主だが、当主は地元の信用金庫や製造業などを経営しており、初代駒ヶ根市長でもあった。母の従兄弟にあたるその家の長男は後年憲法学者となり、「芦部憲法」と呼ばれるその著書は今でも毎年三千部くらい売れているロングセラーである。

母《はは》の家《や》の切貼障子《きりばりしょうじ》小鳥《ことり》来《く》る　　伊那男

第六章

叔父「池上樵人」のこと

I 奇行の俳人（壱）

私の俳句人生を語る前に、大きな影響を受けた――それは反面教師としてもだが――私の叔父、池上樵人《いけがみしょうじん》のことを語らなくてはならない。ちょっと長くなるのだが……池上樵人は私の母の実弟である。純粋な人だが、ともかく一口に言うと変人であった。

叔父は私が子供の頃、夏休みなどに実家に帰省すると、近所であった私の家にも遊びに来る。そしてたとえば「今日は手を使わない日なのだ」などと言って私の父の前でも両手を後ろに組み、お茶など直接茶碗に口を当てて飲んでいる。一緒に学校のプールへ行くと、下着のパンツのまま いきなり飛び込んで、上がってくるとパンツはなく、しかも本人はそのことに全く気付かずにプールサイドを歩いているというような人であった。

俳句は旧制伊那中学校時代に近所の人から教わって親しんでいたようだ。後年のことだが、小内春邑子さんからであったか、句集をいただき、巻末の年譜を見ていたら「早稲田大学時代、池上伊那夫他と句会を開いていた……」というような記載があった。もしかしたら叔父のことかと思い、本人に問うと「そうだよ、学生時代伊那夫という俳号だったな……」という。すでにその時、私の俳号は伊那男であった。「夫」と「男」の違いだが、同名の名告りをしていたのである。なんとも不思議な話なのだ。

母の話によると樵人は大学受験で最初不本意な学校にしか受からず、数日行方不明になり、捜したら縁の下から出てきたという。翌年、早稲田大学理工学部鉱山学科に入学した。卒業して一族がやれやれと思っていたら、今度は慶應大学法学部に入り直してしまったという。たしか母の実家の仏間の梁に卒業証書が二枚飾ってあった。

慶大時代には「慶應俳句会」に入っていたが、楠本憲吉と大喧嘩をしたという話が伝えられている。俳句を巡ってではなく、早慶戦の応援に行ったときに樵人の格好が手拭いで頬被りなどして貧乏臭かったのを楠本憲吉がなじったのが原因だとかいう、実につまらないことなのだが、ともかく「三田山上殴打事件」として語り継がれているという。本人には二回ほど聞いたが黙して語らなかった。私は師の皆川盤水先生からその話を聞いたのである。「楠憲は今でも樵人の名前を聞くと身構えるんだよ」と。

実直《じっちょく》に生《い》きて角立《かどた》つ新豆腐《しんどうふ》　　伊那男

2 ― 奇行の俳人（弐）

叔父は慶大時代に中村草田男に師事して「萬緑」に入会した。卒業後、北海道炭鑛汽船株式会社に総務部員として入社、北海道に渡り、鉱山の現場に入ったこともあり、俳句を中断している。

東京に戻った昭和三十七年―三十八歳の頃に―「萬緑」に復帰した。三十九年に第七回萬緑新人賞、四十四年に第十六回萬緑賞を受賞している。俳人協会が現在の俳句文学館を建設する頃、協会の幹事として盤水先生と面識を持ったようである。超結社句会「塔の会」に入会していたが、どうやら会費を払わないのが原因で退会になったようだ。

それよりもずっと後になるが、私もその「塔の会」に入会している。前述のようにまだ名のない私を盤水先生が無理矢理押し込んだのだが、その折盤水先生から「樵人と親戚だということは、しばらく黙っていたほうがいいよ」との忠告を受けた。ただし翌年であったか「塔の会」の年一回の総会を兼ねた吟行会で日光に行った折、その宴席で誰からともなく樵人の思い出話が出た。「ともかく変わった人だったよね」と奇行の一端の披瀝などがあったので、私はいたたまれなくなって「実は私の叔父でして……」と白状し、皆は黙り込んだ。

叔父は四人の子を成したが一番下の男の子が生まれてまだ一歳になったかならない頃、妻が出奔した。今もって行方不明のままである。話が前後するが、私が大学生の頃、相模原の叔父の家に遊びに行ったことがある。まだ出奔前の樵人の妻は「この人はトイレに入って俳句のことを考え始めると、何時間でもしゃがみ込んでいて出てこないのです。水鳥の生態を観察するとか言って、夜中に家を出て朝まで帰ってこなかったりする人です……」と諦め顔であったことを思い出す。ともかくとても叔父一人では育てられるものではないので、家族会議を開いて、結局男の子は母の実家で育てることとなり伊那に引き取った。

叔父は時々伊那に預けた末子に会いに来たが、

嶽《がく》夕《ゆ》焼《やけ》男児《おのこご》赤《あか》き声《こえ》立《た》てぬ　　樵人

などの句を残している。句集でのその句の前書に「妻の病む故、信州の実家に預けし末子を訪ふ」とある。さすがに出奔したとは書けなかったようである。その他にも私の父には金の面で迷惑をかけたようで、母は私に「あの叔父さんのようにはならないように」としきりに言っていた。

3　奇行の俳人（参）

母には「叔父のようにはなるな」と釘を刺されていたが、私はこの叔父とは妙に気が合った。たしか私が高校生だった頃、一緒に高遠を散策した。そのとき蓮華寺の絵島の墓を訪ねたが、叔父は、〈絵島《えじま》の墓風花夕《はかかざはなゆう》べの風花《かざはな》へ〉と詠んでみせてくれた。「俳句をやるとな、言葉に敏感になるんだよ」とも言っていたことを思い出す。私は俳句を作ることなどまだ考えもしていない頃であるが妙に鮮明に憶えている。

その時であったか、樵人が東京へ帰る頃大雪になった。結局電車も止まって、樵人は諏訪までしか辿り着けず、諏訪湖畔の温泉に投宿したようだ。私宛に電話がかかってきた。「おい、諏訪の雪と温泉はいいぞ！　今から来たらどうだ、金は心配するな」との誘いの電話である。「あの、叔父さん、電車が動かないから諏訪にいるんじゃないの？　行きたくても行けないじゃない」。「おお、そうか、じゃあまたな」という具合である。

樵人には一冊だけ句集がある。『山垣濤垣』（牧羊社「現代俳句選集Ⅱ」昭和五十七年）というもので「山垣」は信州伊那の山々を、「濤垣」は好きでよく通った伊豆七島の海をテーマにしている。

中村草田男の序文を次に記す。

山垣二重《やまがきふたえ》に一重《ひとえ》は優《やさ》し七五三《しちごさん》　　樵人

出来すぎるくらいレトリックも整っていて、「二重」「一重」「七五三」と数字をちりばめて全体に骨組みを持たせている。しかもこれが技巧に終始せず、いかにも山国らしい七五三の行事のめでたさ、ゆたかさ、うるおいなどがごく自然に実体として生かされた。山垣の近いものは山肌も樹木も目に映じ、優しい感じだが、高く遠方を囲む山垣は峨々としてきびしい輪郭線を見せている。これらは子を守る母の存在と父の存在とも相通ずる。七五三を祝われる子供らが、女の子であり、また男の子であることも読者はおのずと連想するかもしれない。

……とある。跋文は古舘曹人。

その他の代表句を次に挙げる。

命樽一転《いのちだるいってん》かすかに秋立《あきた》ちぬ
姨岩《うばいわ》の声《こえ》となりたる夕野分《ゆうのわけ》
その先《さき》も秋風《あきかぜ》の渦《うず》勿来越《なこそご》え
みちのくへ一呼気《ひとこき》一呼気《ひとこき》夏燕《なつつばめ》

4　奇行の俳人（四）

石炭産業が斜陽に向かい北海道炭鑛汽船が傾いた頃、樵人は一族の長老、芦部啓太郎の紹介でキャタピラー三菱に転職。定年退職後、全国信用金庫・信用組合のクレジットカード普及の講師をしていた。これも芦部の斡旋であった。

この仕事がきっかけで全国各地を講師として巡り、知り合った金融関係者の俳人を集めて通信句会「美林」を結成した。そこに私も誘われて入会した。当季雑詠五句を出句すると、清記用紙が返信で来て、選句して送る。選句結果と特選評などが送付されてくるという形式で、七、八年続いた。何年かに一度、信金の保養所を使っての吟行会があり、合同句集『美林』も出版した。ここで当時城南信金に勤めていたか、OBになっておられたか、大牧広先生などと紙面を通して知り合うことになる。

樵人とは二人だけの旅行を二回している。一回目は花巻温泉に泊まり、高村光太郎旧居などを吟行した。二回目は茨城県の袋田の滝へ行った。その夜は水戸のホテルに投宿したが、行動の一端を記せば、翌朝、朝食時のレストランで樵人は食物はこぼす、タバコを食事中のべつまくなしに吸って、灰皿と間違え火の付いた煙草を飲みかけのコーヒーカップの中に沈めてしまう。パンは床へ転がす……と一回の食事でさえ、はらはらさせる人であった。不思議なことに酒は一滴も飲めなかった。

樵人が一番輝いていたのは昭和五十七年、角川書店の「俳句」に二回にわたって連載された「野生とロマン」の座談会で総合司会を担当した頃であろうか。メンバーは角川春樹、石原八束、古舘曹人など。しかしその後俳壇でぱったり名前を聞かなくなっていった。盤水先生は「長老の批判をしちゃったからな……」と言っていた。何度も出す出すと言っていた第二句集も出版することなく、第一句集だけで終わってしまった。樵人が晩年の頃、長谷川櫂編著『現代俳句の鑑賞一〇一』（新書館、平成十三年刊行）が出版された。明治から現代までの百人に著者、長谷川櫂本人を加えて百一人の俳人を取り上げているのだが、その中に、ほぼ忘れ去られていた池上樵人が入っている。私も驚いたが、このことは樵人をどれだけ喜ばせたことか。

平成十八年六月七日没、享年八十一歳であった。

山焼《やまやき》の火《ひ》の一筋《ひとすじ》の直情《ちょくじょう》に　伊那男

第七章
井上井月のこと

I　漂泊の俳人・井上井月《いのうえせいげつ》（壱）

――私の祖父や叔父の変人ぶりを記したが、伊那には幕末から明治中頃にかけて漂泊の俳人がいた――

平成二十六年の春、角川グループの編集者石井隆司氏が訪ねてこられた。「角川ライブラリー」の一書として井上井月を書いてみないか、との打診である。井上井月は幕末から明治中期まで伊那谷を漂泊していた俳人である。私の郷里出身で医者になった下島勲（号・空谷）が幼少の頃、彼の家に出入りする井月を目撃していた。その突き上げてくる思い出に動かされて、後年東京田端で開業した折、田端文化村の仲間であった芥川龍之介に井月のことを話した。

その書を見た芥川は「入神と称するをも妨げない」と驚嘆し、空谷に書と句の収集を求めた。もとより句集をまとめる気持ちなど無かった井月であるから、立ち寄った家々に書き残していったものしかない。郷里にいた空谷の弟、五山が井月の立ち寄った家々を巡って懸命に句を収集したのである。その句稿から句集を編纂し、芥川が跋文を書いた。高濱虚子や内藤鳴雪が賛句を添え、大正十年『井月の句集』が刊行されたのであった。伊那谷に埋もれていた無名の俳人に光が当たったのである。

ただしその後、忘れられたり思い出されたりして今日に到ったのであった。

私が俳句を始めた頃、郷里の父が『井月全集』と広辞苑を送ってくれた。その全集の扉に井月の墓の写真があった。丸石の供養墓で、彫ってある句も摩滅しているという。伊那の風景を重ねて

井月《せいげつ》の墓《はか》どこからも雪解風《ゆきげかぜ》　　伊那男

の句を作り、句会に出した。盤水先生は既にその墓を訪ねたこともあったようで、この句を随分褒めてくれた。句会後の酒席で話題となり井月のことや墓のことなどを聞かれた。私は井月のことをほとんど知らないし、墓も訪ねてはいない。しどろもどろに口を濁してその場は躱《かわ》したが、そのまま済ませるわけにはいかず、次の休日にその墓を訪ねたのであった。これが井月との出会いである。伊那市美篶《みすず》の高台の耕地の中にその墓はあり、南アルプスの風がまともに吹きつけていた。反対側には中央アルプスの白嶺が連なっていた。句との情景が違っていないことに安堵したのであった。

私に執筆の話がきた二年ほど前に伊那北高校の先輩の北村皆雄氏が田中泯主演の映画「ほかい人――伊那の井月」を撮影し、また俳文学者復本一郎氏の『井月句集』が岩波文庫に収録され、一茶と子規の間を繋ぐ俳人として再評価され始めていた。

2　漂泊の俳人・井上井月（弐）

井上井月は越後長岡藩の武家の出であろうと言われている。高い素養からみて、若い頃に江戸で学問を積んだのであろうとも言われている。伊那谷に来たのは四十歳前後のことであろうと思われる。自らを語ることがほとんど無かったのでその経歴は推測である。そのような俳人について執筆してみないかという提案である。私は俳句の実作者であり、指導もしているので、句の解釈や鑑賞はできそうである。だが、その人生の追跡や交友を洗うとなると、そう簡単なことではない。伊那谷には何十年も井月の研究をしてこられた先輩方が何人もおられる。そういう方々が書くべきではないのか。「井月の研究者との共著として、句の鑑賞は私が担当するというのはどうですか?」と問うと石井氏はきっぱりと「駄目です。伊藤伊那男一本で纏めてほしい」と言い切った。「いつ出版の予定ですか?」「年内」。「年内?」「そう、九月中旬には書き上げていただきたい」。ということは半年間の持ち時間ということになる。

さて何から手をつけたらいいのか……。まずは復本一郎編『井月全集』を底本として読み込むこととした。『井月全集』には一千三百句ほどが収録されている。井月句は今現在も古い家の蔵が開かれた折などに新しい句が発見されており、一千七百句くらいあるだろうとされている。ただし真贋の判定待ちのものや季語やテニヲハだけが異なる類句も多いので、復本本を基盤に置くことにしたのである。

ともかく私にできることは、句の分析である。句から必ず何かが立ち上がってくるはずである。江戸で詠んだ（と思われる）句、関西の句、越後の句、東北の句、師と仰いだ芭蕉を詠んだ句、食物の句、酒の句、女の句、子供の句、家族の句……などを項目別に分類してみた。その作業の中からいくつかの特徴が浮き上ってきた。

詳細は『漂泊の俳人　井上井月』を読んでいただくしかないが、たとえば酒と食物の句について紹介してみる。予想はしていたのだが、井月には酒と食物についての句が異常に多く二百二十句ほど存在するのである。復本本のなんと十七％が酒食の句なのである。その内容を分析してみると、相当な美味佳肴を口にしており、とても「こじき井月」のイメージは湧かないのである。これは一体どういうことなのであろうか。ほとんどの人が抱いている井上井月とは正反対の井月が句の中にいるのである。

井月《せいげつ》の瓢《ふくべ》に鳴《な》れり今年酒《ことしざけ》　　伊那男

3　漂泊の俳人・井上井月（参）

井月の酒食の句には、たとえば当時の伊那谷では決して食べることのできない生魚の句がたくさんある。鰹、鯛、河豚、水貝、鮟鱇、沖膾、海鼠、小鯵、野菜でいえば蓴菜《じゅんさい》などもある。それらの句の発する臨場感からみて、江戸や京都には旅人としてではなく、生活の場があったものと推測されるのである。

たとえば〈かゝれとて町場《まちば》に住《すめ》よ初松魚《はつがつお》〉などという句は「こうして初松魚が食べられるのだから町中に住む方がいいぞ」という句意になろう。あるいは〈暑《あつ》き日《ひ》やひれを包《つつ》みてあぶる鯛《たい》〉は鯛のカマの部位であろうか、鰭は濡れた紙で包んで焦げないようにして焼く、ということであろう。このような細部まで臨場感を持った句を、想像だけで作ることができるのであろうか。実際に初鰹の売り声のとどく町の中に住み、また、塩焼きの鯛を食した経験がなければ作れない俳句である。

また、〈小簾《こすだれ》に鮓《すし》の手際《てぎわ》の早《はや》さかな〉がある。蕪村や一茶の鮨（鮓）の句は、馴れずしや押しずしという乳酸発酵を待つ鮨である。もっと早く鮨を食べたいという江戸っ子の発想から、酢を飯や魚にかけて酸味をつけるという「早ずし（江戸前の握り）」ができたのは文政年間、両国与兵衛によってである。井月は文政五年の生まれといわれており、二十代に江戸に居たとすると、丁度江戸前鮨が隆盛となった頃ということになる。とすれば、この句は江戸前握り鮨を詠んだ初出、嚆矢の俳句ということになりはしないだろうか！　と思うのである。世に知られた川柳には文政十二年作といわれる〈妖術《ようじゅつ》といふ身《み》で握《にぎ》る鮓《すし》の飯《めし》〉があるが、この時期の俳句は見当たらない。そういう意味で記憶にとどめておきたい句である。

さて、私の生活は午後買い出しをして店に入り、仕込みをして四時半には店を開く。そして十一時過ぎまで店の切り盛りをする。帰宅をするのは午前一時過ぎで、そのあと売上の集計や翌日の酒の発注などをして就寝は二時頃である。したがって執筆の時間は、午前中の三、四時間が限度である。毎月発行の「銀漢」誌の選句や選評、他から依頼された原稿などもある。それらと並行して井月について少しずつ書き進めた。

夏休みは家族と旅行する慣わしだが、この年は家に籠って執筆を続けた。有難いことに高校同期の大野田井蛙さんが資料集めや疑問点の調査をこまめに引き受けてくれた。井月の肖像画を残した橋爪玉斎の子孫を訪ね、原画を拝見したり、清水庵に残る井月直筆の扁額を実見することができたのも氏の奔走のお陰であり、私の井月像が固まっていったのである。こうしてその年の年末、十二月二十五日発刊の運びとなったのである。

木枯《こがらし》を連《つ》れ井月《せいげつ》が戸《と》を叩《たた》く　　伊那男

第八章

そして京都（壱）

I　鮨屋の食器をもらう

前述の倒産事件のあと、寺に通っている頃、大手町のビルの中で飲食店を開いている友人夫妻から相談を受けていた。経営状態がきわめて悪く、閉じるか継続するかアドバイスをしてほしいというのである。夫人は絶望視しており私に相談をしてきたのだが、店主の夫は初代の父親の手前もあり、なんとか継続したいと考えているようであった。夫人によれば夫は父親からあれこれと理由をつけて運転資金を引き出しているという。私はもともと飲食業に興味があり、暇でもあったので無給で手伝うことにした。その店には板前が二人いるので、料理の勉強になるだろうとも思ったのである。結局お寺での作務のあと三ヶ月ほどその店に通った。

店はもともと寿司屋で、二店舗あったが一店はすでに閉めていた。バブル期の最盛期には官庁からの需要が多く、正月明けの数日は千人前くらいの寿司の出前があったという。しかしもはやそんな時代ではない。数年前にコンサルタント会社を入れて内装も現代風に変え、新しいメニューも加えた。地下鉄丸ノ内線の大手町駅に直結したビルにあるので、立地は決して悪くない。

だが、経営者の意識がそれについていけなかったようだ。資金繰りは次第に逼迫していったようで、どうやら夫婦の仲も冷え切っていた。店主は最後の最後にようやく私に打ち明けたのだが、高利の金にも手を出していて追いつめられていた。ついに夜逃げ状態で閉店したいとの相談があったのである。

私は閉店するのはいい。夜逃げをするのもいい。それでも従業員である板前二人、アルバイトの女性五人の未払い給与は必ず払うこと、板前には少なくとも一ヶ月分の退職金は払うことを主張した。しかし店主は数日前に数ヶ月分の滞納家賃を払ったので、全く金がないという。家賃の支払いより給与支払いが先である。それならその家賃を取り返してこいと迫った。返してくれなければ「従業員が店に立て籠もり、揉めれば筵旗を立ててビルの中で騒ぐ」といって家主に泣きつけと助言した。

家主は某省の関連企業であり、騒ぐ理由はわかるはずだと読んだのである。はたしてそのようになり、従業員は私に感謝してくれた。

数日後に店を閉める時、連絡を受けたので出向いてみると、板前さんとアルバイトの女性がダンボール十数箱に、まだ使えそうな調理器具、皿、小鉢などを私のために梱包して待っていてくれた。放っておけば家主が一括して廃棄処分するものであった。あまりの量に驚いたが、嬉しいことであった。食器類は十五年目に入った今も銀漢亭で使っている。

胡瓜《きゅうり》もむ欲得《よくとく》の世《よ》の隅《すみ》にゐて　　伊那男

清水の舞台

何かの決意をした時「清水の舞台から飛び降りるつもりで……」という。

さて本当に飛び降りた人がいたのか。『清水寺成就院日記』によると、一六九四年から一七〇年の間に二三四人が飛び降りたという。その生存率は八十五・四パーセントと高い。願掛けで飛び降りるので意識が違ったのである。高さ十四メートル、願が叶うからと下にマットを敷いてくれても私は嫌である。明治五年、京都府が飛び降り禁止令を出した。

2　五十三歳で立飲屋

銀漢亭を開こうと思い立った時、さて店はどこにしたらいいのかと迷った。新宿か渋谷か……、結局交通の便もよく、親しみのある神田神保町に決めた。当時「春耕」の編集・発行の業務を神保町の白凰社に委託しており、編集長の私は度々通っていたし、社長の相田昭氏や盤水先生ともこの町でよく飲んだので馴染みが深かったのである。私の第一句集『銀漢』も白凰社に発行の労をとっていただいた。そんな単純な理由である。結局十三坪ほどの店舗を借りた。

開店したあと地元の人から「よくこんな町で開いたね。神保町でなくて貧乏町といってなかなか商売が難しい土地なんだよ」と言われた。昔からの学生街なので、昼食なども大盛りのごはんが出て五〇〇円で済むというような店もあり、町の人は安いことに馴れている。加えて小規模な出版関係の会社が多く、出版不況により、雑居ビルのテナントは櫛の歯が抜けるように減少している最中であった。現に店の上のテナントは、その後二社とも撤退したし、右隣の飲食店は、一度は模様替えをしたものの一旦閉店し、業態を変えて再開。その隣は三回転目である。左隣のパン屋は雑貨屋に変わり、その隣の焼肉店は洋食店に変わった。

そのような町でともかく開店したのである。平成十五年五月六日、五十三歳であった。当初客層は界隈のサラリーマンが七～八割、残りが俳句関係の仲間という塩梅であった。今は七～八割が俳句関係者という特殊な店である。開店時は立飲みスタイルの店にしたが、今は椅子を入れてあり、立っていてもいいし、坐ってもいい。

開店当初、儲かったら記念にロレックスの時計を買おうと思っていたが、今日に到るまで全く儲かることもなく、時計は使い込んだスウォッチのままである。あとはいつまで続けるかである。ところが最近水洗トイレが駄目になり、空調設備も年々音が大きくなり、二つとも入れ替えた。空調機は七年リースの提案なので払い終わると七十三歳になってしまう。

店は儲からないが副産物は大きい。それはこの店から数々の俳句愛好者が生まれたことである。知らずにカウンターに寄った客が周りから勧められて、いつのまにか俳句を作っている。面白ければ友人にも勧める。そのようにして結社「銀漢」にはこの店へ来店したことが作句の出発点となった仲間が大勢いるのである。「銀漢」の平均年齢は六十歳くらいであろうか。一般の俳句結社の平均年齢より十数歳は若いと思われる。それはこの店の客とその友人たちが平均年齢を引き下げているからである。

知命《ちめい》なほ草莽《そうもう》の徒《と》や麦青《むぎあお》む　　伊那男

3―俳人の溜り場に

銀漢亭を開店した直後、中原道夫さん（「銀化」主宰）が花束を抱えてお祝いに駆けつけてくれた。また近隣の「天為」（有馬朗人主宰）発行所の編集部員と思われる女性四、五人が寄ってくれた。俳句の話をしている様子からそれと気づいたのである。中心にいるのは当時編集長を務めていた対馬康子さんのようだった。俳句総合誌の写真などで見覚えのある顔であった。ただし、あくまでも町の普通の居酒屋で通すつもりだったので、私が俳人であることは自分からは言わないことにしていた。

六月の終わりであったか、七夕竹を外に立てて、仲間に書いてもらった俳句の短冊を飾った。それを見た「天為」の編集部員の一人が「ご主人は俳句をやるんですか？一緒にやりましょうよ、教えてあげるから」と声をかけてくれた。居合わせた中原道夫さんが「おいおい、この人は伊藤伊那男さんだよ」といい、一気に打ち解けたのであった。

近くの大手出版社に勤めていた菊田一平さんも私のことを聞きつけて常連になってくれた。開店二年くらいの頃であったか、もともと親しかった山田真砂年さんとも語らって、店の奥で超結社句会を開くようになった。第二火曜日に開くので「火の会」と称し、メンバーの入れ替えはあったものの今も続いている。その句会は店の営業中に行われるので、私は料理を作ったり、お客と挨拶を交わしたりしながら参加する勝手を許してもらっている。

開店して数年した頃、神田の老舗居酒屋から流れてきた黒ずくめの男性が来店した。誰かが「酒場放浪記」というBSテレビ番組の吉田類さんだという。迂闊にも全く知らず曖昧に挨拶を交わしたが、その後も度々寄ってくれて、都内の立飲み酒場を取り上げた『東京立ち飲み案内』（メディア総合研究所）の一店として掲載された。その出版記念会は銀漢亭で開いてくれた。同じ頃、毎日新聞夕刊の人気コラム「今夜も赤ちょうちん」の鈴木琢磨記者も名を告げずに来店していた。何回目かの来店時に名刺を出して「書きたいが、話を聞かせてくれ」との打診を受けた。このコラムは連載終了後『今夜も赤ちょうちん』（青灯社）として刊行され、その後ちくま文庫にも入った。俳句愛好者の集まる変わった店があるということで、日経新聞も取材にきた。東京新聞から中高年の趣味のシリーズで取材があった。その担当記者はシリーズが終わったあと、取材した色々な趣味の中から自分の趣味に俳句を選び、銀漢の仲間に加わった。K同人である。その記事を見た岐阜県東京事務所長のH氏が入会した。

飾《かざ》る間《ま》も七夕竹《たなばただけ》のしづく浴《あ》ぶ　　伊那男

京都よもやまばなし⑰

京の七口

京の出入り口の関所は時代により場所も変わったし、必ずしも七つであったわけではない。その名を有名にしたのは、室町幕府八代将軍足利義政夫人日野富子である。富子は実子を無理矢理将軍にしようと画策し、応仁の乱の端緒を作ったが、内裏再建を名目に七口で通行税を徴収し、その資金で高利貸しをしたり、米相場を操ったりと私欲を貫いたお騒がせ夫人であった。その痕跡の「丹波口」はJR山陰本線、「鞍馬口」は地下鉄の駅名として今も市民に根付いている。

京の花街

上七軒、祇園甲部、祇園東、先斗町、宮川町を一般的に「京の五花街《ごかがい》」という。島原は別格である。祇園を歩くと運がよければ舞妓さんと擦れ違うことがあるが、着物はおよそ二〇キロの重量だと聞けば、瞠目するしかない。他にあちこちに遊郭は存在した。売春防止法施行まで残ったのは、五番町、五条楽園（七条新地）、撞木町の三つ。五条楽園跡はかすかにその風情を残す。ここは『源氏物語』の光源氏のモデル源融の屋敷、河原院跡とも重なるのである。

4　さていつまでやりますか

五月の連休明けが銀漢亭の開業日である。平成二十九年の今年、十五年目に入った。それまで三十年ほど証券・金融の仕事を続けていた者が、五十三歳でいきなり飲食業に入ったのは、よそ目にも、いやいや自分で振り返ってみても、いかにも無謀であった。酒を飲むことが好きで、少し料理に親しんでいたことくらいを頼りに水商売に入ったのであるから、武家の商法と変わらない。しかもランチはやらない、土、日、祝日は休業であるから、一月間の営業日は少ない月は十八日、多い月でも二十二日で、世間の常識からみてもやはり儲かるわけがない。

また、神保町は学生街であったことから、飲食代金は他の町よりも安い。そのような市場調査もなく開いてしまったのである。

幸い子供二人は育て終っており、借金もなかった。もはやたいした欲もなく、俳句を楽しみながら静かに暮らせればいい、くらいに思っていた。ただし失敗するわけにはいかない。そんな思いで勤勉に働いてきたつもりである。そんな生活で十四年間、七十歳に手の届きそうな年齢になってきているし、考えることはいろいろある。

わりあい長寿の家系であるとはいえ、四十代で大腸癌も経験している。そこそこ身体が動くのが、うまくいって八十歳くらいと考えると、あと残りは十数年である。銀漢亭を続けているのは金を稼ぐのが目的だが、今は俳句愛好者の溜まり場であるという意義もある。この店への来店をきっかけとして俳句の縁を結んだ方も多い。

が、小さな店とはいえ、営業するのはそれなりの時間と労力を必要とする。メニューを考え毎日買い物をし、重い荷物を持って午後二時くらいには店に入る。帰宅は夜中の一時くらいか。金勘定や酒の発注など雑務があり、寝るのは二時過ぎか……。

今はその仕事があるために初めから終わりまで出られる銀漢俳句会の句会は月に二つしかない状態である。各支部の句会に出るのも難しい。超結社句会や講演会などに出席できる機会なども限られてきているのが現状である。

だが、嫌々店を開いているわけではない。季節にあわせた料理を作るのは楽しいし、日々さまざまな方との出合いがあり、刺激も多い。そのあたりの矛盾をどう解きほぐすか、体力とも相談しながら、人生の残り時間をどう生きていくか、どう時間配分をしていくか、真剣に考える時期にきているなと思っているところである。

神保町《じんぼうちょう》あぶな絵《え》のやや黴《かび》くさし　　伊那男

5　妻も病気に

話は遡るが、私が大腸癌の手術を終えて二年ほど経った頃、妻が乳癌の診断を受けた。癌については私の大腸癌を契機に夫婦で色々な本を読んでいたこともあり、慶応病院の放射線科医、K先生の門を叩いた。先生は早くから温存療法を提唱しており、癌に対する考え方も大学病院の方針とは違っていたことから、先生に頼る患者の手術は外部で執刀ということになり、ほとんどが鎌倉市の病院のA先生にお願いすることになった。

妻の手術は一口にいえば患部のくり抜き手術で、あとは縫うこともなく、絆創膏を貼って「はいおしまい」というようなものであった。ただし妻の場合は五年以内に二十五パーセントが再発するグループに入っており、抗がん剤を使うことによって十八パーセントに抑えられるという。そんな手術を終えて定期的にふたつの病院へ通うという日々であった。ところがその五年を迎える少し前に、肺への転移が確認されたのである。ただ、すぐに弱るわけではなく、精神的苦痛はさておいて、普通の日常生活を送ることができた。数年後、肺に水が溜まるようになり、転移は進行してゆく。その最後の一、二年の間も私と京都、四国、九州、信州などの旅をしたし、長女一家とは沖縄やハワイのリゾートに行ったし、従姉妹とイタリア旅行にも行っていた。

五十四歳の秋、K先生の診察室に私と娘二人も同行して所見を聞いた。余命三ヶ月、治療の手立てはない、ということであった。暗澹たる気持ちで帰路についたが、一番落ち着いていたのは妻であったかもしれない。

治療方法はないと言われても、何もしないというわけにはいかない。奇跡を願いたいのである。娘二人と色々と調べて、都内某病院で行っている温熱療法を受けてみることにした。これは癌細胞は高熱に弱いといわれていることから、カプセルの中で体温を徐々に上げていき、四十一度くらいの状態をしばらく保ち、癌細胞を死滅させるという治療である。これを三回ほど受けたが、高熱の中に入るので体力の消耗が大きく、結局ほとんど効果は見られないとの結果に終った。きわめて高額の治療費であった。それではそのまま手をこまねくかというと、それには耐えられない。今度は知人の紹介で、高知県の漢方系の医師を頼ることになった。ものすごく人気のある医師で、月に一、二度新横浜の駅近くのビルに来て問診をするのだが、長蛇の列で、午後五時頃を指定されて行ったのだが、先生と面談できたのは八時過ぎであった。

妻《つま》癒《い》えよ魚《うお》氷《ひ》に上《のぼ》るきのふけふ　　伊那男

6 雪の日に妻を送る

問診で先生は、「どうなるかわからんが、高知の病院へ来てみるかい?」といわれ、思案の末に行ってみることになった。これが十一月の中旬頃であったろうか。それにしても高知県土佐清水市は遠い。空港に降りてレンタカーで延々三時間ほど走り、四万十川を渡ったさらにその先である。

入院したものの治療は漢方薬を飲み、薬草風呂に入ったりして静養することである。三週間ほどした頃、先生から電話が来て、「厳しい状況になってきている。年末の飛行機が混み合う前に東京へ戻り、ホスピスか自宅で家族で看取る方がいい」ということであった。この病院も自由診療で高額な入院費用であった。長女の婿のつてで南麻布の古川橋病院の一番広い個室を用意してもらい、長女と高知へ向かい、妻を連れ戻した。病院には痛み止めの治療以外は一切しないということで受けてもらったのである。ホスピス代わりであり、私は店の仕事が終わったあと夜はほとんど泊り込んだ。年末年始は外出許可を得て、当時目黒にあった長女の家で、十二月二十八日に五十五歳の誕生日を祝った。

正月明けからはほとんど歩行が困難となり、痛み止めの麻酔薬も効いて次第に昏睡状態になっていった。京都の母や、弟、伯母、従姉妹なども別れに来た。死ぬ二日ほど前であったか、八王子の妻の友人が世話に来てくれていたとき、「正徳はいるの?」と私の名を呼んだ。聞き取れる言葉を口にしたのはそれが最後であったかもしれない。

一月十八日は朝から曇天で昼前から雪が降り始めていた。昼過ぎから長女が来ていた。午後三時頃、妻はのけぞるように身をもたげて息を引き取った。いろいろ手続きを終えて夜、葬儀社の手配した車で杉並の家へ戻った。麻布からの道筋は明治通りを広尾へと向かったが、その広尾一丁目は三十三年前、結婚して最初に住んだ街である。家の前を通るとき運転手さんに頼んで速度を緩めてもらった。街の風景は真白な雪の中であった。家に着くと作家の伊集院静さんから枕花が届いていた。娘婿と親しいこともあるが、何年か前に妻もハワイで一緒にゴルフをした縁であった。

葬儀については句友のTさんを煩わせた。たまたま娘婿の仕事絡みで私とTさんが交渉した縁で、親しくなっていた広尾の天現寺にお願いしたのである。住職は「玉芳院彩光妙雪大姉」という戒名を付けてくれた。お寺の都合もあって妻の遺体は一週間ほど杉並の家に安置し、長女一家、次女も泊まり込んで、毎日別れを惜しみ、思い出話に泣いたり笑ったりした。

新日記《しんにっき》余命《よめい》三月《みつき》の妻《つま》に買《か》ふ　　伊那男

7　お墓はどこに

葬儀の前日は寺に貸布団を入れてもらって家族で泊まり込んだ。住職は「こんな綺麗な仏さんに会ったの初めてだ」と手を合わせてくれた。極寒の中であったが通夜には六〇〇人以上の方々が弔問に来てくれた。あとから聞くと寺の門に入り切れず、広尾の駅の方へ行列が伸びていたという。お斎の料理は何度も追加したようである。葬儀社からは、その日に手渡すお茶の包みが不足気味なので、親戚や明日の告別式に来てくれそうな方には渡さないでほしいと、受付に申し出てきたという。翌日の告別式にも一〇〇〇人以上の方が来てくださり、結局七五〇人くらいの方々のお見送りを受けたのである。後日、住職から「この寺では先代の住職の葬儀以来の参列者数であった！」と驚かれた。

桐ヶ谷の葬儀場でお骨となり、寺で初七日の法要をしたあと、高輪の新都ホテルに親族、親しい友人に集まっていただき、お斎の会を行い、葬儀は終了した。

数ヶ月間、骨壺は家にあったが、しばらくしてお墓をどうしようかという話題になった。実は三十代の後半、父が郷里駒ヶ根市の名刹光前寺の分譲墓地を手に入れた際、たいした考えもないまま、私も一区画入手してあった。光前寺は井上井月の〈降《ふ》るとまで人《ひと》には見《み》せて花曇《はなぐもり》〉の句が詠まれたところで、天台宗信濃四大寺の一つ。木曽山脈を背にして赤石山脈を一望する高台にある。妻が「私そんな寒いところは嫌だわ」と言い、私は「あのね、死んだら寒いとか暑いとかという感覚はないいんだよ」などと言い返していたのである。

いざ墓ということになると、その妻の言葉が思い出されたし、娘二人も信州には遊びに行くことはあってもそれほどの愛着はない。私も将来信州に戻るかといわれたら、多分ないということになる。そんなわけで信州の墓は返却することにした。

娘婿がバブル期に青山梅窓院の墓地を買っていた。両親は健在なのでまだ誰も入っていない。交通はメトロ銀座線の渋谷から二つ目の駅、外苑前で、神宮球場とは反対側の出口を上がると、そこが梅窓院である。青山通りの名を残した、郡上藩主青山家の菩提寺で、近時徹底的に整備をして少しずつ墓地の分譲を行っていた。私の二人の娘はすでに嫁いでいて、あと墓に入るのは私だけなので、それこそ小さな墓地でよい。結局娘一家の墓の近くに決めたのである。長女一家と同じ墓域になるので、ここなら孫たちも将来寄ってくれるかもしれない。

凍蝶《いてちょう》といふさながらに妻逝《つまゆ》けり　　伊那男

8 ― 京都に分骨

梅窓院への埋葬の前に、京都へも里帰りさせたいと思い、少しお骨を分けておいた。一時、京都のどこかのお寺に墓を建ててもいいかな、と思ったこともあり、京都の親戚にも相談していたのである。叔母が「大谷さんで分骨を受け付けているよ」と連絡してきた。

本願寺は徳川幕府の宗教政策によって東本願寺と西本願寺に分裂した。昔、鳥辺野と呼んだあたりが西本願寺の墓地で、清水寺の下にあり大谷本廟と呼ばれる。一方東本願寺は同じ東山の裾ながら八坂神社の手前が墓域で、大谷祖廟と呼ばれる。

妻の実家の牧野家はこの東本願寺の墓域の高台にある。

京都の桜が満開になる頃の日を選んで、京都の親戚に大谷祖廟に集まってもらい、分骨した。すぐ近くの料理店、美濃幸に席を取り、妻の京都時代の話などを聞き、どの話にも泣いた。

その夜は家族で嵐山の旅館に泊まった。渡月橋の川原の夜桜は凄絶であった。翌日散策した天竜寺の桜の美しさは今もありありと目に浮かぶ。

妻が死んだのは平成十八年一月二十一日、俳人杉田久女の忌日と同じ日である。もう丸十年ということになる。私は相当年をとったけれど、妻の遺影は五十三歳くらいの時に撮った写真のままである。生前、孫は長女の二人の娘だけだった。妻の死の翌年次女が結婚した。現在、長女にその後二人の男子が産まれ、次女にも三人の男子が産まれ、合わせて七人の孫となった。

　妻と一緒に暮らし、子供を育てあげた杉並区高井戸の家は、平成二十六年に、次女一家に譲り渡した。私が一緒に住むにしては狭いので、この際小さな部屋を借りて一人住まいをしようかと思っていた。長女から声がかかって「お父さん、嫌じゃなかったら一緒に暮らそうよ」という。婿も「そうしましょうよ」と言ってくれて、住んでいる世田谷区成城の中で私のために広い家を借り替えてくれたのであった。そんなわけで、現在七人家族で暮らしている。あれもこれも妻のおかげである。娘たちに実にいい教育をしてくれた。

　一年に数度京都で遊ぶのだが、京都駅に着くと、タクシーを拾って大谷祖廟に直行して墓参するのがそれ以降の私の務めとなった。

久女忌《ひさじょき》に妻《つま》の忌日《きじつ》の加《くわ》はれり　　伊那男
妻《つま》と会《あ》ふためのまなぶた日向《ひなた》ぼこ

第九章

そして京都（弐）

Ⅰ　銀漢俳句会設立

「銀漢」誌の創刊は、平成二十三年一月、私が六十一歳の時である。その二年ほど前から、当時「春耕」副主宰であった棚山波朗氏に独立を勧められていた。ご自身が次の主宰になることが決定しており、私にその後を譲るとしても十年、いやもっと先になるだろうから、気力のあるうちに羽搏いていいよ、という思いやりからのお話しであった。私は主宰する能力があるかどうか自信がなかったし、「春耕」を支える一人という立場で十分だという思いもあったので逡巡していた。一年ほど考えたのち、還暦の節目に、その言葉に甘えて一誌を始める気持ちになった。創刊の前年の五月に盤水先生をお訪ねして新結社設立の許可を願い出た。先生は即座に「おやりなさい」と仰った。「題簽《だいせん》をお願いできますか?」とお聞きすると「書きますよ」と言って下さった。だが、俳誌名を私が考えている八月、先生は逝去された。

その同じ八月に「萩」主宰の村田脩先生が逝去された。ずっと以前のことであるが、村田先生から「萩」誌を継ぐ気はないか?　とのお話をいただいたことがある。ただし師系も違うし、盤水先生がお許しになるとも思えなかったのでお断りしたことがあった。葬儀のあと奥さまから連絡をいただき、お目にかかった。奥さまは「萩」は追悼号をもって終刊とするが、そのあとも俳句を続けたい方には、伊那男さんを頼るように勧めたい。そして終刊号を出したあと全員にその旨の便りを出したい、との嬉しいお話をいただいたのであった。結局「銀漢」創刊号の出句者は一二〇名、その内四〇名余が「萩」から参加された方であった。

「銀漢」の名の由来は、私の誕生日が七月七日であり、第一句集を『銀漢』にしたこと、開いた居酒屋も「銀漢亭」にしたことから、結社名を同名にしたのである。「春耕」の仲間で大学の先輩でもある武田禪次さんが編集長を引き受けてくれた。野村證券京都支店時代の先輩、杉阪大和さんが実質的な同人会長を引き受けてくれた。武田さんは編集業務には全くの素人であったが、数年で並の編集者を越える能力を身につけ、四年目にして全国俳誌協会編集賞を受賞している。このほかたくさんの方々にご理解とご協力をいただいた。誌友も同人、会員、購読会員を合わせて三〇〇人を超える規模となった。編集部の努力で編集にかかわる費用は大幅に削減でき、現在まで一度も基金募集を行なうことなく、会費だけで運営できていることが私たちの誇りである。二〇一五年には自前の出版社も設立し、会員が廉価で句集を出版できる体制も整えたところである。

師《し》を送《おく》る中野《なかの》坂上《さかうえ》雁《かり》の頃《ころ》　　伊那男

京都よもやまばなし⑱

愛宕詣

妻の実家は嵯峨野にあったので、愛宕山がひときわ大きく見えた。本能寺の変の前に明智光秀がこもった山でもあり、ある年末、思い立って妻の実家から歩いて登った。今もそうだが当時は特に酒びたりの生活で、太ってもいたので帰路に動けなくなった。標高九〇〇メートルを超える山であり、それなりの覚悟が必要である。「お伊勢七たび熊野へ三たび愛宕さんへは月詣り」と親しまれ、「火迺《ひの》要慎《ようじん》」の阿多古祀符は京都のたいていの家の厨に貼ってある。

2　京は妻のふる里

東日本大震災の発生した平成二十三年三月十一日金曜日は、郷里の銀行の東京支店の同窓会十五人の予約が入っていたので、午後早めに店に入り仕込みをしていた。魚を捌いていた時、全く経験をしたことのない強烈な揺れに襲われた。建物が軋み梁も壁も悲鳴をあげた。外に出ると電線は縄跳びの縄のように大きくたわみ、近くに止まっていた中型トラックは四股を踏むかのように左右に車輪が持ちあがっていた。

そうこうしているうちに近所の会社に勤める俳句仲間や常連客が六、七人集まってきた。電話は通じないし、店のラジオは雑音が多く、正確な情報は摑みにくかった。気仙沼出身の菊田一平さんも来ていたが、まさか自分の生家が津波であとかたもなくなっていることなど知る由もなかった。

土・日曜日は定休日で、月・火曜日はとりあえず店を開いた。家族は原発事故のことを深刻に心配していた。子どもは小さいし、特に次女は二人目を妊娠中であった。長女が、妻と野村證券時代からの親友で家族ぐるみの付き合いのあるWさんに相談すると、即座に「何とかするからすぐ京都においで！」と言ってくれた。それを頼りに地震から五日目の十五日の夜、二台の車で京都へ出発することになった。世田谷に住む長女一家が先行して東名高速に乗った途端、静岡で地震があり通行止めだという。

そこで杉並から出発の次女一家と私の車は、急遽中央高速へ向った。翌十六日朝七時、京都駅八条口で合流した。

Wさんは西京区にある友人所有の集合住宅を用意してくれていた。私が京都で暮らした独身寮のあった物集女町の近くである。暖房器具、布団、調理用具その他、その日から生活できる道具一切が運び込まれていた。駐車場も二台確保されており、至れり尽くせりの配慮であった。ここで大人五人、子ども五人、犬のバニラが、とりあえず一週間ほど原発事故の行方を見守ることになった。時を同じくして、信州安曇野のK君から電話があり、避難するなら安曇野の家に受け入れるよ、と涙の出るようなありがたい申し入れももらった。「雲の峰」主宰、朝妻力さんから電話が入り、奈良薬師寺の東塔一階の解体前の最終公開があるから来ないかと誘いがあり、東京との緊迫感の落差に驚いた。こうして誘っていただけるのも動顚している私への配慮であった。

Wさんは毎日自宅へ夕食に招いてくれた。某日は嵯峨森嘉の湯豆腐、近江牛の牛すじ煮、じゃこと胡瓜の酢の物、水菜と油揚のさっと煮などなど。某日はうどんすき、菜の花の酢味噌和え、蛸と若布の煮びたし、こうなごの釘煮……。

末法《まっぽう》の世《よ》のとば口《くち》を亀鳴《かめな》けり　　伊那男

京都よもやまばなし⑲

人気スポットの盛衰

京都の観光地にも流行り廃りがある。私がいた半世紀近く前には聞いたこともなかった晴明神社が大人気である。夢枕獏の『陰陽師』、安倍晴明を祀る。その近くの白峰神宮は蹴鞠の宗家、飛鳥井家の屋敷跡で、球運が高まるとのことでサッカーファンの聖地となった。俳人協会編『京都吟行案内』(平成元年)にはいずれも記載はなかったが、平成十八年の改訂版には堂々と登場している。千年の歴史の都にも微妙な人気スポットの盛衰があるものだ。

3―京女とは

避難した京都では、ともかく時間があったので、婿の写真撮影を兼ねて善峯寺、松尾大社、金閣寺、三十三間堂、宇治などを巡った。それにしても京都は実に平穏であった。その頃東京では、伊藤主宰は京都へ逃げた！　との噂が立ち、今もって震災の話になると蒸し返される。原発事故も最悪の事態は回避されたと判断し、三月二十日に東京へ戻ることにした。六日間ほどの京都の生活であった。世話になったWさんは妻の末期にも何度も東京へ見舞いに来てくれた方である。土佐清水の病院へも見舞いに来てくれて、壁一面にクリスマスの飾りを吊ったり飾ったりして、妻の病室を賑やかにしてくれた。日本人ばなれした目鼻立ちの、驚くような美人でありながら、気配り、実行力は並の男をはるかに凌ぐ女傑である。目の力が違うのである。今も毎年末奈良に遊んだあと京都に寄るが、必ずWさんを呼び出して飲む。

妻の従姉妹に川村悦子という女流画家がいる。それもなかなかの女史で、京都造形芸術大学の教授でもある。京都ではたいがいこの人も入れて三人で飲む。私の知っている京都の女はみな肝が据わっているのである。

妻の祖母は九十歳くらいで亡くなったが、七十代の頃、死の準備を始めたという。残された櫃の中には死装束から三途の川の渡し賃まで入っていた。もちろん遺影も用意されていて、ずいぶんと若い写真が飾られていたことを思い出す。葬儀の折、菩提寺の住職のつけていた袈裟も、この日のために祖母が托したものであった。祖母を送ったのは京都の初時雨の頃である。

妻の母は平成二十七年に亡くなったが、その四・五年前に軽い脳梗塞を起こし、次第に認知症となっていった。元気なうちから、京都の家を守る義弟に、自分に何かあった時は、そのあと、実子（義弟と義妹）以外の誰にも会わないから必ず守るように、と念押ししていた。それを聞いていたので、私はお見舞いに訪ねることをしなかった。義母は気丈な人で、戦争中は志願して、タイピストとして中国大陸の大連であったか哈爾浜《ハルピン》であったかに渡ったという。戦後、味噌や甘酒などを製造販売する商家に嫁いだ。文之助茶屋、清水寺、伏見稲荷の茶屋などの甘酒は、この「関東屋」からの配達であったことは前にも記した。夫は兵隊時代の精神的後遺症を引きずっていたようで、時として酒に溺れたという。私の妻が小学校三年生の時、交通事故で死んだ。義母はその後、アパート経営などで子ども三人を育てあげた。美しい人で凛然とした気迫があった。お骨になったのは京都の町に桜が降りしきる頃であった。

遺言《ゆいごん》の二行《にぎょう》といふもあたたかし　　伊那男

京都一黴臭い宝物館

京の人が言う「この前の戦争で焼けまして……」というのは応仁の乱のことである。さて京都最古の仏堂は千本釈迦堂（大報恩寺）である。それにしては観光客が少ないのが不思議だ。快慶作の十大弟子像、定慶作の六観音立像は圧巻である。平安時代の牛車の車輪などもあり、思いの外の大きさに驚く。まさに隠れた宝庫である。ただし……目がしばしばする位の黴臭さは覚悟の上で訪ねてほしい。〈千年《せんねん》の黴《かび》千年《せんねん》の思惟仏《しいぼとけ》　伊那男〉

室町通りの激変

私が京都の証券会社に勤めていた頃、大口顧客には室町筋と呼んだ繊維問屋の旦那衆が多かった。もちろん「家訓により株はやらぬ」という地道な経営者も多かった。糸偏に絡む仕事は糸から反物、そして着物になるまで裾野の広い分業制で、京都の経済を支えており、最終集積地が室町であった。以来四十年以上過ぎたのだが、室町の問屋は廃業が続き、店はホテルに、集合住宅に、飲食店へと変容した。着物離れが急速に進んだ結果である。

4 — 京都を詠む

私は俳句を作り始めた頃から固有名詞を使うことが多く、その使い方が割合良いという評価を受けている。それは吟行をした時などにその土地のことを調べたり、頭に入っている歴史の小箱を開いたり、その地を頭の中で発掘し、その時代へ自分が空間移動するように努めるという作句態度も一因である。観光俳句、絵葉書俳句にならぬようにその土地や風土に一歩踏み込み、同化しようと思っているのである。

当然のことながら京都を詠んだ句はそこそこある。しかし京都の歴史が幾重にも層をなしていることから、焦点の絞り方が難しいことや、自分自身のこの町への思い入れが深すぎることから、満足な句はなかなか残せずにいる。むしろ滋賀や奈良の句の方が多いのである。今までに、京都を詠んだ句の中から、なんとか鑑賞に耐えるかなと思う句を挙げてみる。

大根《だいこ》焚《たき》来世《らいせ》の話《はなし》など聞《き》きて
地蔵盆《じぞうぼん》筵《むしろ》を巻《ま》いて終《おわ》りけり
洛中図《らくちゅうず》より一陣《いちじん》の花吹雪《はなふぶき》
ひと刷毛《はけ》を京《きょう》の甍《いらか》に初時雨《はつしぐれ》

涅槃図《ねはんず》の末座《まつざ》のあたり綻《ほころ》べり
白朮縄《おけらなわ》まはしてつひに持《も》て余《あま》す
金閣《きんかく》にこれも火種《ひだね》の落椿《おちつばき》
長刀鉾《なぎなたほこ》組《く》み東山《ひがしやま》切る高《たか》さ

下京《しもぎょう》は折《おり》しも雪《ゆき》に春星忌《しゅんせいき》
湯豆腐《ゆどうふ》や嵯峨《さが》の篁《たかむら》鳴《な》りづめに

叡山《えいざん》を下《お》りしばらくは霧《きり》まとふ
妙法《みょうほう》の字《じ》の崩《くず》し字《じ》のまま崩《くず》る

だが、どうも満足がいかないのである。
平成二十六年、ある句会で「薄暑」の題が出された折に次の句ができた。

京《きょう》の路地《ろじ》ひとつ魔界《まかい》へ夕薄暑《ゆうはくしょ》

この句で京都という町の凄みが少しは詠めたかなと思っている。「魔界」「魔境」は神秘的で恐ろしい場所、人を誘惑するところである。京都の夕暮れには、今も「逢魔が時」があるなと思うことがある。小野篁《おののたかむら》は幽明界を行き来したというが、現代人には見えなくなった冥界へ通じる小路が、まだまだいくつもあるように思われる。そこが京都の「魔力」であり、私を引きつけるところである。これからも度々通うことになるのであろう。

5　骨は京都へ

平成二十七年四月に義母が死に、六月に私の母が死んだ。義母、母と葬儀が続いたあと、娘たちと問わず語りに私の葬儀や墓の話になった。実は私の父母の葬儀は兄の意思によって家族葬とし、戒名もいただかなかった。父母は特に信仰も持たない人であったし、私もそれでよいと賛成した。私自身の場合も家族葬がいいと思っている。それでは墓はどうするか。妻が死んだあと、青山梅窓院に墓を買い埋葬したことは以前に触れた。だが娘二人は嫁いでいるので、私が入ると、伊藤家としてはあとに入る人はいない。同じ寺に長女一家の墓が用意されているので、少なくとも、娘の代までは世話をしてくれるだろうと思う。だが孫の代まで年間の管理費や回向の負担を残したくない。

前に記したが、妻を埋葬するとき、遺骨の一部を京都東本願寺の親鸞上人の御廟所、大谷祖廟に分骨した。合葬所であり、埋葬の折、志納金を添えただけである。その後京都に行く度に妻の実家の墓参とともに大谷祖廟に手を合わせるのが慣例となった。ほんの少しの遺骨を納めただけだが、今は、妻は青山の寺にいるよりも、京都にいるという思いの方が強い。

その後句友のO君が父上のお骨を全部大谷祖廟に持ち込んだと聞き驚いた。全部入れてもいいんだ！　O君は子供がいないので、自分も死んだら大谷祖廟に入って「それでおしまい」とあっさりしている。なるほどそれなら遠い係累を煩わせることもないし、たまさか何の義理もない友人が京都で時間が余った時などに訪ねてくれるだけでいいのである。当然忘れ去られても構わない。この話を聞いて、私もそんな終わり方でいいな、という思いが強くなっている。

京都は町そのものが壮大な墓所である。千年の歴史がまるでミルフィーユの生地のように、地下に何十枚もの層をなしている。掘れば喜怒哀楽の声が聞こえるような町である。信州に生を受け、ほとんどの人生を東京で過ごしているが、京都は最も愛着のある地である。娘たちにはすぐでなくてもいいから、私と妻の骨全部を京都の大谷祖廟に納めてくれと伝えた。家族には京都に遊びに行って時間がある時にでも、思い出して寄ってもらえばいい。そんな風に伝えたのである。今のところ曖昧な返事しかもらっていないので、どうなるかわからないが、事あるごとに説得しようと思っている。

娘たちがそれを守ってくれたならば、私の「そして京都」は完結するのである。

鱧《はも》の皮刻《かわきざ》み市井《しせい》にうづもるる　　伊那男

「食べもの散歩」

京都でコーヒーを

京都は千年の歴史に培われてきただけに料理やもてなしについては底知れぬ奥深さがあり、美味いものを挙げたらきりがない。京都人の舌は肥えているので、いい加減な店はすぐ淘汰されるのである。

さて意外かもしれないが、京都で最初に紹介したいのはコーヒー。実はコーヒーのうまい町なのである。水が良いことと厳しい舌に鍛えられているためであろう。名店はたくさんあるが、私はイノダコーヒ一三条店が好きだ。厨房を囲む丸いカウンターに座り、ネルドリップの濃厚なコーヒーを飲みながら職人さんの無駄のない動きを見て過ごすひとときは至福である。ひと昔前はあらかじめ断らないかぎり、当然のごとく砂糖とミルクが入っていて、もっと甘くしたい人のために小さな角砂糖が二つ添えられていた。

京の台所—錦市場—

日本で同じ場所で続いている最も古い市場は錦市場であろう。京の食物がことごとく揃う。四条通りの一つ上手にあり、大丸百貨店の裏から錦天満宮までに今も一三〇軒ほどが軒を連ねている。錦天満宮は鳥居の両端が隣接する店舗に突き刺さっており一見の価値がある。境内には今も名水が湧き出ている。巷説ではその昔、甲冑職人が住んだので「具足《ぐそく》小路」、訛って「糞小路」、これは品がないというので一転して四条を挟んだ綾小路にならい「錦小路」に改称したという。

牡蠣ときわだ鮪

証券会社に就職して、配属された京都支店は、四条堺町角にあり、一筋上ると錦市場である。たまたま時間のある昼休みには、市場の中で生牡蠣を二つほど剥いてもらい、親しい店へ行く。その店の昼の定食は焼き魚か、「きわだ鮪」の刺身である。黄肌鮪は背鰭以外の鰭が黄色いところからその名がある。今は嗜好も変わってきたが、京都人は白身魚が好きである。東京の通人は黄肌鮪なんかと馬鹿にするが、京都人は脂の少ないこの鮪を割合いに好む。ちなみに今も脂が乗る前の鮪の幼魚を「よこわ」と呼んで親しんでいる。この定食と持ち込んだ生牡蠣が、束の間の楽しみであった。四十年以上も前のことなので、殻付きの牡蠣は珍しかった。証券外務員時代はつねに数字に追われ、忙殺されていた。そんな無理をしなくても、ほどほどに生活できたらいいじゃないの、などと考える私には結局この仕事に馴染めなかった。

が、京都に赴任できたのは本当に幸運なことであった。

出し汁

聖護院河道屋が好きで、京都に行くと時々寄る。この店は、新入社員で京都に赴任して知り、養老鍋の出し汁の旨さに驚嘆した。時を経て、就職したばかりの長女が京都旅行から戻り、「お父さん、いい店を見付けたよ！」と自慢した。店名を聞いて一喝した。「愚か者め、その店はお前の生まれる前から俺の贔屓の店だ」。京都に数ある飲食店の中からたまたま私の好きな店に行き当り、その味に感嘆したというのであるから、実はこんなに嬉しいことはない。感動の一喝であった。

先日訪ねたところ、御亭主が鍋を運んできてくれた。代替わりしているのである。そうだ、京都時代、厨房から赤ちゃんの泣き声を聞いたことがあった。そんな記憶が甦ったのである。その赤ん坊が四十数年を経て後継者となって今、目の前にいるのである。

庭の佇まいも、座敷の風情も、もちろん出し汁の味もほとんど変わることなく存在し、静かに代替わりしていくのが、この町の凄さということである。

京都の酒

私はおよそアルコールの入ったものであれば何でも飲む。友人の家で酒が払底した時、棚の隅にあった養命酒にも手を付けた。飲む酒の種類は料理や風土によって異なる。ステーキならワイン、沖縄へ行ったら泡盛ということになる。が、一口にいえば私は日本酒派である。その理由は、酒を飲むなら基本的に和食の店を選ぶからである。では日本酒の銘柄では何が好きか？　と問われたら……困る。甘口の酒も辛口の酒も好きであり「郷に入っては郷に従え」の通り、その土地の風土が作った酒を飲むことにしているのである。それではどの地方が好きかと言われたら京都である。伏見の軟水で磨いた京都の酒は穏やかで自己主張をしない。その中でも銘柄を一つ挙げろと言われたら「玉乃光」。この酒造がアルコール添加全盛期にも純米酒一筋を貫いた気骨を買うからだ。――ある雑誌に以上のエッセイを書いたところ玉乃光酒造から極上酒が半ダース届いた。

鮒鮓の魔味

酒の肴は何が好きかと問われたら、鮒鮓《ふなずし》、からすみ、煮貝といった順位になろうか。高校生のころ、隣村のY君の家を訪れたら父上の膳に不思議な食物が載っていて、促されて食べると、今まで知らなかった異質の味ながら、うまい！　と思った。これが鮒鮓との出合いである。すしの原点に位置する製法だが、今は滋賀県に鮒鮓としてその痕跡を残すばかりである。

塩漬けにしたニゴロブナをご飯に漬けて熟成を待つ。京都の料亭では、その独特のにおいを抑えるためにさらに酒粕に漬け直したりもするが、私は自然発酵した酸味と、あの危ういにおいが好きである。溶けはじめたご飯も捨てることはしない。

琵琶湖周辺には鮒鮓の名店がいくつかある。私が驚いたのは湖北、葛籠尾崎が湖に落ち込むあたり、菅浦集落の国民宿舎の自家製鮒鮓である。目を見張る逸品でお代わりを頼んだ。

鮒鮓《ふなずし》や夜《よ》の底深《そこふか》き湖《うみ》の国《くに》　伊那男

蕎麦二斤

年に一回、親しい俳句結社の講師役で招かれ、京都は蛤御門近くの会場を訪ねる。その前に近くの蕎麦屋に寄るのが恒例である。「あつもり」が名物で、あつあつの蒸し蕎麦が蒸籠に盛られ、底にはお湯が張られて温かさが保たれている。年に一度の楽しみなので、ついついたくさん注文してしまう。先般には「二斤《きん》！」を頼んだ。店の女性はちらりと私の白髪交じりの風体を上目使いに見て「ほんまに食べはりますか。生卵が二つ付きますけど」と念を押す。

「食べます」と答えて、つくづく自分は田舎者だなと思った。田舎者というのはこれが一回だけのチャンスだと思うので過剰な注文をしたり、食い溜めをする。余裕がないのだ。東京では蕎麦に「斤」という単位は使わないのでわからなかったが、どうやら二・五人前ほど食べたようだ。子供の頃からこんなことを繰り返して七十歳近くになってしまった。やたらに食べ物を欲しがり、酒を飲めば歯止めがきかない。困った老人の一人である。

京の漬物

京の歴史ある漬物といえば何といっても酸茎と柴漬であろう。酸茎は上賀茂特産の酸茎菜を乳酸発酵させたもの。柴漬は大原の茄子、胡瓜、茗荷などを赤紫蘇と共に漬け、発酵を加えたものだ。だが今、市販の多くは大切な発酵過程を省略し、調味液に頼ってしまっているのが残念である。めったに入手できないが、私の好物に菜の花の糠漬がある。やはり市販の物とは似て非なる逸品である。今人気の千枚漬は、明治以降の新しい漬物だが上質である。

京野菜

京都育ちだった妻は、東京で初めて八百屋の店頭を覗いた時、何これ！と失望した。京都は野菜の種類が多く、それぞれ味わいが繊細である。京特有の野菜といえば、壬生菜、加茂茄子、九条葱、万願寺唐辛子、堀川牛蒡、筍……。特に私が好きなのは、霜が降りた頃の九条葱。これと油揚げだけの鍋は最高である。京都で仕事をしていた頃、客である寺を訪ねたら、裏山で採ったという松茸飯を持たせてくれた。ぶつ切りの松茸がごろごろ入っていて吾が眼を疑った。

京の黒七味

討入り前の大石内蔵助は公儀の警戒心を解くために豪遊したという。私は、大石は本気で遊んだろうと思っているが、場所は祇園「一力」とされている。ただしその当時はまだ祇園界隈には色町は形成されておらず、大石の住んだ山科からの距離から見ても伏見撞木町であったようだ。ところでその「一力」の斜め向かい側に「原了郭」という香辛料を商う店がある。近年「黒七味」で名高い。赤穂浪士の原惣右衛門の子孫が薬種商を開き、今に至ったものだ。

松風とみなづき

京の菓子は多種多様だが、歴史のあるものを二つ挙げてみる。一つは「松風」「味噌松風」で、本願寺、大徳寺などに縁を持ち、戦国時代まで遡る。白味噌を入れたカステラ風のもので茶人好み。古式を守って風雅である。もう一つは「みなづき」。白い外郎《ういろう》の上に小豆が乗ったもので、三角形。御所で旧暦六月一日に氷室に貯蔵していた氷を食べた行事から発想されたもので、こちらは庶民の夏の菓子としてどこの菓子舗でも売られている。

鶏モツ焼

三十代の後半、年に何回か一人で奈良に通った時期がある。金曜日、新宿から夜行バスに乗ると、早朝五時ごろ奈良の町に立っている。丸一日散策し、翌日も新幹線に間に合う時間まで楽しむ。そうなると夜どこで飲むかが重大問題となる。何軒かの居酒屋を巡り、ようやくたどりついたのが、「蔵」という蔵造りの店であった。ここの鶏モツ焼きに感嘆し、以来必ず寄っている。人にも紹介したことがあった。そのためか、私の妻が死んだ折、店から弔電が来た。私も居酒屋稼業なので、義理でそうしたこともする。だが、一年後の命日に供花が届いたのには感涙した。年に一度行くかどうかの客なのに……。

そんなことでさらに親しみが増し、今は年末、「煤逃吟行会」と称して奈良を歩き、一夜を借り切る習わしとなった。昨年末は三十数名の大部隊になってしまった。最後に用意してもらう鯖鮨は山椒の実が隠し味に入っていて、何とも、ああっ。

棒鱈

年末に京都の台所、錦市場を歩くと、大きな桶に棒鱈が沈んでいる。

北海道でからからに干し上げた真鱈を何日も水に漬けて戻し、含め煮にして京の正月料理になる。知恩院の門前にこの鱈と海老芋を炊き合わせた「芋棒《いもぼう》」の専門店まであり、松本清張の「顔」という短編ミステリーの舞台にもなっていた。同じ山国でも私の郷里信州は思い切り塩を当てて平たくして干した鱈を焙って食べるのが主であった。所変れば品変る。どちらも真鱈の減少で高価だが。

ぐじ（アマダイ）

徳川家康が死んだのは天ぷらの油にあたったためだという説がある。この、宣教師から伝わった調理法で家康が食べたのは、興津鯛のようである。静岡の興津港に揚がるのでその名があるが、アマダイのことである。京都では「ぐじ」と呼ばれて最も珍重される。椀種や昆布締めなどにもするが、もともと水分の多い魚なので、一塩の干物にするのが最もうま味を発揮するようである。私も京都へ行くと魚ならまずは「ぐじ！」と叫ぶ。

水上勉の相国寺塔頭での小僧時代の思い出話にあったと思うが、ぐじの一夜干しを食べると、その残った骨に熱湯を注いで吸い物にして味わい、さらにそのあとの骨は肥料として庭木の根元に埋めるという。いかにも京都らしいつましい話だが、そうしてもよいと思うほど私も愛してやまない魚だ。干物のぐじは鱗を付けたまま焼くのだが、焦げて毛羽だったその鱗も、私は決して残さない。

からすみ（鰡子）

私にとって、からすみは最上級にランクされる肴の一つだ。長女なども小学生の頃「からすみがあるといわれたら、知らないおじさんのあとをついていっちゃうかもしれない」などと言っていた。台湾へ行った時も空港行きの車が出るまで三十分ほどの空き時間に長女と二人で商店街を走り回り買い集めたものである。鰡の卵が手に入れば自分でも作る。一週間ほど塩漬けにしたあと、数日間日本酒に漬けて香りをつけながら塩気を薄める。そのあと十日間くらい、昼間は干し、夜は重しをして、いわゆる唐墨形に形を整えていく。最近は作りたくても鰡の卵がなかなか手に入らない。

さて、からすみは生のままでもいいが、私は表面だけ強火で焙り薄切りにして、やはり薄切りにした大根で挟んで食べるのが好きだ。先般、京都の某店に入ったら自家製というからすみを1.5ｃｍ位の厚切りにして出してくれた。なんとも大胆で贅沢な厚さ！　それ以来、いいことがあった時だけ厚切りのからすみを楽しんでいる。

五平餅

私の育った伊那谷では、何か祝いごとがあれば、最高の馳走として五平餅を焼いた。糯米《もちごめ》でなく、普通の米を炊いて半殺し状態に潰して、平らな杉板か竹串に握り固める。聖徳太子が持っている「御幣《ごへい》」に似た形になるので、その名が付いたのではないかと思う。五兵衛さんが考えたから、という説もある。

これを炭火で焼く。そのためだけの四角な焜炉も古い家庭にはあった。焦げ目がつくまで焼き、春なら蕗味噌、夏なら木の芽味噌、秋から冬は胡桃味噌を塗り、この甘味噌も少し焦げるくらいに焼き上げる。味噌の焦げる匂いが台所に充満すると、皆待ち切れずに集まってきたものである。

ところがある時、木曽の馬籠にいくと、その五平餅はまるで焼き鳥のつくね団子のように丸めた餅を、細串に刺し、醤油だれで焼いてあり、私が知っているものとは似て非なるものであった。今、伊那谷ではまことに残念なことに、土産用の商品はあるが、家庭で作ることはほとんど見かけない。米が貴重な時代の馳走であったのだ。

まむし酒

小学生のころ、学校には住み込みの用務員さんがいて、校舎の続きに宿舎があり、よく遊びに行った。ある時、庭に七輪を出して白い筒状のものを焼いている。皮を剝いてぶつ切りにしたものが網の上でうごめいている。あっ、もしかしたら蛇！　それを目撃して以来、宿舎に近づくことはなかった。

私は極端に蛇が嫌いである。夫婦喧嘩をした折に「あなたなんか布団の中に蛇を入れたらおしまいなんだから」と言われて、真実恐怖を感じたものである。

奈良県東吉野村の俳人、藤本安騎生さんのお宅を仲間で訪ねたことがある。氏が蝮《まむし》酒を作って来客に供しているという噂を耳にしていたので、人の後ろに隠れていたのだが、真っ先に探し出されて杯を持たされた。後日、〈蝮酒《まむしざけ》二日《ふつか》ほどして少《すこ》し効《き》く〉という句を発表したのを目にした氏が大いに喜んで便りをくれた。平成二十五年三月、その藤本氏は逝去された。

蕗の薹の味噌汁

私が最初に作った俳句は、中学生の頃であったか、〈ふきのとう取りたる嬉しさ春は間近に〉というものであった。多分、万葉集の志貴皇子の〈石激る垂水の上のさわらびの萌え出づる春になりにけるかも〉の歌を聞き齧って稚拙な真似をしたのではないかと思う。

子供の頃、家の近くの土手に私だけが知っている蕗の薹が出る場所があった。毎年雪解けの頃になると何度も何度も見に行ったものである。

その頃から料理が好きであったが、結局は人より早く、しかも多く食べたい、そのためには食材の近くにいるのがいい、という食い意地の汚さからきていたのだと思う。輸入コーヒーの空き缶に針金で弦をつけた一人用の鍋を作り、味噌汁を煮たこともあった。摘んできた蕗の薹を微塵切りにして浮かべた、あの苦味が春の到来を告げる味だ、と子ども心に実感したのである。今もその時期になると、あの蕗の薹の出る場所がありありと目に浮かんでくるのである。

昆虫を食う

信州、伊那谷での子供のころの食べ物の話をするとたいていの人がのけぞってしまう。蝗《いなご》、蜂の子、ざざ虫、馬肉、繭を取ったあとのさなぎ……。

蜂の子はすがれという地蜂が中心だが、子どもたちは軒先に作る足長蜂の巣に目をつけておいて、ほどほどの大きさに育つと竿でたたき落とした。巣から木綿針で幼虫を抜き出すのだが、そのまま生で食べてしまうこともあった。

ざざ虫は真冬の天竜川に生息するトビゲラ、ヘビトンボなどの幼虫の総称。川の瀬の流れる音からの名前である。赤や青の縞が入っていたりしてなかなかに異様である。つくだ煮にして酒のさかなになるが、近時収量が激減して高価である。

肉は馬肉が普通で、スキヤキは当然だが焼豚といえども馬肉であった。小腸の味噌煮をおたぐりと呼んだが、その名はたぐり寄せるところからきている。魚は鯉。魚屋の水槽に泳いでいた。今帰省しても馬肉屋は姿を消したし、鯉は一体どこで手に入るのか……。

漬物まみれ

私の育った頃の信州・伊那谷は塩分の無法地帯であった。三食にみそ汁がつき、それもお代わりをする。食卓には野沢菜、沢庵漬、味噌漬、粕漬などが所狭しと並ぶ。三時のお茶ももちろん漬物だ。魚もほとんどが塩蔵品だ。その結果として、当時は中風《ちゅうぶ》と呼んでいたが、脳出血・脳卒中で年寄りがばたばたと倒れた。

その反省から県を挙げての減塩運動が起こり、大成功を収めて今や長野は長寿県に変身したのである。こうなると私のように十八歳までたっぷり塩分で育ってそのあと信州を離れてしまった者が危ない。減塩運動から取り残されているのだ。

さて私の好きな漬物を挙げると、①京・上賀茂の酸茎②近江・日野菜③奈良漬④松阪・養肝漬⑤山形・温海蕪といったところか。そうそう野沢菜の古漬けの油炒め、塩抜きした沢庵の煮たものなどもいい。で、ただ今私、たった一人の減塩運動中である。

日本のジビエ

フランスでは野生の動物や鳥を好んで食し、総称してジビエと呼ぶ。私のジビエの最初は、祖父の家で山鳥を食べたことか。雉であったかもしれないが定かではない。腹を割くと胃袋に未消化の青草が詰まっていた。鶏とは異なる歯応えと濃厚な味であった。

俳人の岡田日郎さんを囲んで奥鬼怒に遊んだ折、その宿が「岡田先生がいらしたから」と、極上の鹿肉を手に入れてくれた。その前も後も、これを上回る鹿には出会っていない。

近江湖北の鴨鍋もいい。ある初冬の解禁直後に行くと、まだ内地のものはなく、北海道から届いたものだという。一回の鍋から散弾銃の弾が十数個出てきた。「北海道の猟師さんは豪快に撃たはりますねん」。その冬のうちにもう一度訪ねたのだが、今度は敦賀もので、弾は一つか二つくらいしか出なかった。

ジビエは容認できる獣臭さのギリギリのところが持ち味ということになろうか。

くさや

くさやは伊豆七島の名産。真鰺よりも下と見られる室鰺だが、なぜかくさやに変身するとその真骨頂を発揮するのが不思議である。生干しの飛魚も逸品である。

家族の中では私しか食べなかったので、家で焼くことは難しく、もっぱら瓶詰めのものを手に入れて、素早く蓋を開けて取り出して食べ、すぐ蓋を閉める。それでも嫌われたものだ。

ある時、送られたきたくさやを、家族の留守を見計らって、延長コードを何本かつないで庭に電気コンロを出して焼いた。真冬だったので隣家の窓は閉まっており、素早く一箱分を焼いたのだが、終わりのころ長女が帰ってきて、ずいぶん先の道路から異様なにおいがしていたとにらまれた。「じゃあ、東京のどこでくさやを焼いたらいいんだ！」。

以前三宅島に出張する部下に、土産のくさやを頼んだことがある。彼は売店で一瞬その名を忘れたらしく、とっさに出たのが「かわやを下さい」であった。

軍鶏鍋

上野は不忍池近くに木造二階建ての、いかにも池波正太郎が暖簾を潜《くぐ》りそうな店がある。軍鶏鍋《しゃもなべ》屋である。私が通ったのは昭和も終わりのころであったか。当時は一日三組の客しか取らなかったと思う。

浅い鉄鍋に骨から取ったスープを張り、肉、肝、軟骨ごとたたいたつくねを煮て、生醤油と大根おろしだけで食べる。確か三歳までの雌しか使わないと耳にしたことがある。きれいな肉なので灰汁は出ない。軍鶏の他に入れるのは焼き豆腐と千住葱だけと、実にきっぱりとしている。

ときおり階下から骨をたたく音が聞こえる。空調設備はなく、夏は団扇を使う。最後にご飯にスープをかけ、大根おろし醤油の残りを乗せるのだが、これがもう、絶妙である。

ある時、例によって何回目かのご飯のお代わりをしたのだが、おひつを二階に運んできたおばあちゃんが私に言ったのは「両国から来たお人みたいですね」。

東大の接待

超結社句会「塔の会」で、当時東京大学総長だった有馬朗人先生を

お訪ねした。早日に着いた幹事の木内彰志さんと数人で総長室へ入った。先生はまだ不在であったので我々は「今のうちだな」と目配せして、交互に東大総長の椅子に坐ったのである。私も黒皮の椅子に深々と凭れて、くるくると回転した。その後三四郎池の見えるゲストルームで句会をした。私の〈蟬採《せみと》りの子《こ》が東大《とうだい》の裏門《うらもん》に〉という句を先生は「裏口入学はいけません。赤門から堂々と入って下さい」と笑っておられた。

その後、正装をした給仕の付く食事会となった。最高学府の接待に私は少々緊張して、たしか肉の皿に添えてあったポーチドエッグを皿の外に転がした。赤ワインの茹で汁でテーブルクロスを少し汚したが危うく潰さずに済んで胸を撫でおろした。その後しばらくの間、東大卒の方をつかまえては「総長室に入ったことはありますか?」と問い、「えっ、ない!　私は総長の椅子に坐ったことがありますけど……」と、自慢したものである。

あとがき

盟友、朝妻力さんが主宰する俳誌「雲の峰」に気楽なエッセイを書いてみないか、と一ページ分を空けてくれた。「けっして伊那男さんに負担のかからぬよう、調べたり、ない知恵を絞ったり、背伸びなどしないで、酒席の歓談のような、自然に口をついて出てきた話だけでいい」――と言ってくれたことを幸いに、若い頃暮らした京都を中心に、自分の来し方を俳句を交えながら綴った。一年で終るつもりだったが、次々に湧き出る思い出に頼って、ついつい六年間近くも書き続けてしまったのである。右肩下がりの私の人生の話など何の足しにもならないが、「面白い」と読んでくださる方が多かった。今回出版に当たり、京都の歴史や食べ物、酒などに関するショートエッセイ「京都よもやま話」「食べもの散歩」を追加した。団塊の世代のごく普通の庶民の生きてきたあの時代の世相や、空気、また若干の京都案内などと思って、つれづれに開いていただけたら幸いである。最後に、写真家宮澤正明氏より沢山の写真の提供を受けたことを記し、感謝申し上げる。

平成二十九年三月吉日

伊藤伊那男

伊藤伊那男（いとう・いなお）

昭和24年7月7日、長野県駒ヶ根市に生まれる。伊那北高等学校、慶應義塾大学法学部政治学科を卒業。仕事は野村證券、オリックス、金融会社経営を経て、神田神保町に酒亭「銀漢亭」を開業。俳句は昭和57年、皆川盤水の「春耕」に入会。平成23年「銀漢」を創刊主宰。句集に『銀漢』（第22回俳人協会新人賞受賞）、『知命なほ』。評論に『漂泊の俳人　井上井月』がある。日本文藝家協会会員、俳人協会幹事。

銀《ぎん》漢《かん》亭《てい》こぼれ噺《ばなし》
——そして京都

伊《い》藤《とう》伊《い》那《な》男《お》

２０１７年４月１日　初版第一刷発行

発行所——株式会社　北辰社
〒１０１－００５１
東京都千代田区神田神保町２－20東明ビル２－Ｂ
電話・ＦＡＸ　０３－６２７２－４５２４

写真——宮澤正明

装丁・デザイン——馬場龍吉

発売所——株式会社　星雲社
〒１１２－０００５
東京都文京区水道一丁目３－30
電　話　０３－３８６８－３２７５
ＦＡＸ　０３－３８６８－６５８８

印刷製本—旭印刷株式会社

落丁・乱丁本はご面倒でも、発行所宛にお送り下さい。
送料当社負担でお取替えいたします。
定価はカバーに表示してあります。

ISBN978-443423064-6 C0095